BIRD STORIES FROM BURROUGHS

飞禽记

[美] 约翰·巴勒斯————著
胡慧敏————译

中国·武汉

图书在版编目（CIP）数据

飞禽记：博物图鉴版 /（美）约翰·巴勒斯著；胡慧敏译.－－武汉：华中科技大学出版社，2018.8

（蓝知了）

ISBN 978-7-5680-4004-4

Ⅰ.①飞… Ⅱ.①约…②胡… Ⅲ.①散文集－美国－现代 Ⅳ.① I712.65

中国版本图书馆 CIP 数据核字 (2018) 第 119872 号

飞禽记（博物图鉴版）   [美]约翰·巴勒斯 著   胡慧敏 译

Fei Qin JI

Bowu Tujianban

策划编辑：刘晚成

责任编辑：林凤瑶

责任校对：曾 婷

责任监印：朱 玢

装帧设计：璞茜设计

插图整理：刘晚成 王 怡

出版发行：华中科技大学出版社（中国·武汉）   电话：（027）81321913

          武汉市东湖新技术开发区华工科技园   邮编：430223

印　　刷：武汉精一佳印刷有限公司

开　　本：710mm×1000mm　1/16

印　　张：13.5

字　　数：183 千字

版　　次：2018 年 8 月第 1 版第 1 次印刷

定　　价：49.80 元

本书若有印装质量问题，请向出版社营销中心调换

全国免费服务热线：400-6679-118 竭诚为您服务

版权所有 侵权必究

Contents
目 录

001	Chapter 1 东蓝鸲
015	Chapter 2 旅鸫
021	Chapter 3 北扑翅䴕
029	Chapter 4 灰胸长尾霸鹟
035	Chapter 5 褐头牛鹂
041	Chapter 6 棕顶雀鹀

047	Chapter 7 东唧鹀
053	Chapter 8 褐弯嘴嘲鸫
061	Chapter 9 莺鹪鹩
069	Chapter 10 歌带鹀
077	Chapter 11 烟囱雨燕
083	Chapter 12 橙顶灶莺
089	Chapter 13 灰嘲鸫
095	Chapter 14 刺歌雀
105	Chapter 15 棕林鸫
113	Chapter 16 橙腹拟鹂
119	Chapter 17 三声夜鹰
125	Chapter 18 黑喉蓝林莺

131	Chapter 19　白尾鹞
141	Chapter 20　冬鹪鹩
147	Chapter 21　雪松太平鸟
153	Chapter 22　金翅雀
159	Chapter 23　鸡鹰
165	Chapter 24　披肩榛鸡
173	Chapter 25　短嘴鸦
181	Chapter 26　灰伯劳
187	Chapter 27　鸣角鸮
193	Chapter 28　黑顶山雀
199	Chapter 29　绒啄木鸟

Chapter 1

东蓝鸲

东蓝鸲
eastern bluebird

在三月的早晨，如果你听到东蓝鸲的声音，就会明白，这天绝对是个晴朗的日子。仿佛终于有了一种方式，能让你接收到天气变暖的消息。这声音如此温柔，如同预言一般，给人以希望，又夹杂着丝丝憾意。

雄东蓝鸲可以说是天底下最快乐、最具有奉献精神的丈夫了。无论何时，它都是一位令人愉快的伴侣，同时也是雌鸟忠实的卫士。在雌鸟孵蛋期间，它还会经常给她喂食。观看一对东蓝鸲建设自己的小家，是件再有趣不过的事儿了。雄鸟积极地寻找筑巢地点，翻找一个个盒子或洞穴。但是，它看上去在这个问题上毫无主意，因此显得很是焦虑。它能做的，也只有让雌鸟高兴，鼓励她。毕竟雌鸟拥有丰富的经验，知道什么样的地方好。在雌鸟选好地址后，雄鸟马上扇动翅膀，为雌鸟鼓掌喝彩。然后，它们一齐飞走，去搜寻筑巢的原材料。此时，雄鸟真正担起护卫的职责，始终在伴侣的前方飞行。雌鸟寻回了筑巢材料，独自完成全部的工作，而雄鸟则全程旁观，唱歌、跳舞，为雌鸟鼓劲。不仅如此，雄鸟还是这项工程的督察，但恐怕它并不能忠于职守，而是一味偏袒。譬如，雌鸟衔着干草和麦秆进入巢内，按照经验调整好材料摆放的位置，然后退出来，等在一边，让雄鸟进去检查。等到雄鸟出来，它边走边赞叹："好极了！好极了！"然后它们再出发去找更多材料。

某个夏日，在一个大型城镇的一条阴暗的街道上，我还看到过一只东蓝鸲给雏儿喂食，那情景着实很有意思。鸟妈妈捉了只知了之类的虫子，在地上摔打了一会儿，然后飞到树上，将它投到嗷嗷待哺的幼鸟嘴里。这一口分量可不小，鸟妈妈很怀疑小鸟能不能吃下它，于是关切地站在一旁盯着。小鸟倒是很勇猛，可还是没法吞下虫子。鸟妈妈只好带着虫子飞到路边，继续摔打虫子，直到它变成更小块。然后，鸟妈妈再次上去投喂，似乎还在对孩子说："接住，再试试。"看着孩子努力咽下食物，她仿佛感同身受，跟着做出吞咽的动作。然而，这一趟折腾算是白费了；相比于鸟喙，食物的分量看上去的确非常大。小鸟扑腾着翅膀，试了好几次，急得大叫："我卡住了，我卡住了！"着急的鸟妈妈再次抓住虫子，这次她把虫子放在铁栏杆上，然后用尽全力俯冲过去，用嘴击碎食物。随后，她再次给小鸟喂食，可还是同样的结果。只不过，这一次幼鸟将食物都吐出来了。在知了掉到地面的同时，鸟妈妈也飞到地上，然后带着知了飞到不远处一个高高的篱笆上。鸟妈妈静静地坐在那儿，待了好长一段时间。它在思考究竟该如何把食物变成更小份。这时，雄鸟来了，它靠近雌鸟，简洁了当地说——我觉得更多的是敷衍——"把虫子给我。"可雌鸟讨厌雄鸟打乱了自己的思绪，于是飞到更远的地方。我记得最后一次见到它时，它仍然沮丧地待着。

五月初的一天，我和泰德去沙太格溪远足。溪水幽而静、暗而深，悠悠地流经我住处附近的一片森林。我们沿溪水一路划行，时刻警惕着可能出现的任何飞禽或猛兽。

沿途我们发现了很多废弃的巢穴，都是啄木鸟在枯树上筑下的。于是，我决定挑一截洞穴保存完好的树干带回家，支起来给东蓝鸲用。

"为什么东蓝鸲不来这儿安家呢？"泰德问我。

"这个嘛，"我回答他，"他们不会飞到很远的地方的，比如这边的林子。相比之下，它们更喜欢把窝建在开阔的地方，离人类近一点。"

我们认认真真地检查了几棵树之后，最后终于找到一棵符合要求的。这棵树体积较小，环抱大约七八英寸，横跨在水面上，树根已经腐化了。树干上有

奇妙的甲虫
beetle

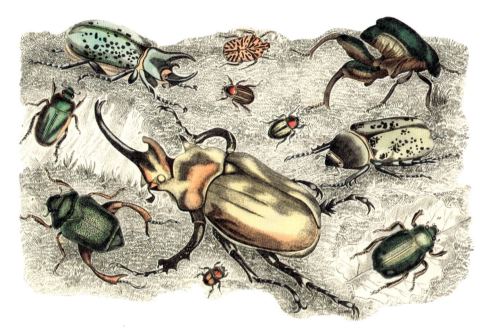

圆形的洞，离我们有十几英尺高，看上去很稳固。一番辛劳之后，我成功地敲掉树桩，把剩下的部分弄到了船上。"就是这个咯！"我说，"比起纸盒，东蓝鸲肯定更喜欢这个。"然而——哎呀，瞧瞧，洞里已经有主了，是东蓝鸲！可是在这之前，我们没听到任何鸟叫声，也没瞧见一根鸟儿的羽毛。直到这时，我们往里看，才发现里面有两只半大的东蓝鸲。这可真够棘手的！

　　唉，我们唯一能做的，就是尽可能地把它放归原位。这一点儿也不简单。不过经过一段时间，我们还是将它安置好了，一头插进浅水里的泥沼，另一头靠在岸边的一棵树上。现在的鸟窝比之前大约低了 10 英寸，也不再是以前的朝向了。就在这时，我们听到鸟爸爸还是鸟妈妈的声音。我们迅速划到河对岸大约 50 英尺远的地方，在那儿看事情如何发展，一边还相互说着："糟了！糟透了！"鸟妈妈嘴里衔着一只甲虫，在鸟巢旧址上方几英尺的树枝上落下，俯视着我们，啼叫了一两声，然后充满信心地俯冲向一团空气——在几分钟之前那正是鸟巢的入口。它盘旋了一两秒，寻找着已经不在那里的家，然后回到出发的地方。很显然，它非常困惑。它在树枝上反复摔打带来的甲虫，好像在拿它出气。随后，它又飞去寻找，可那儿依然什么也没有！它盘旋着，盘旋着，蓝色的羽翼在斑驳的阳光下闪烁着光芒。鸟窝一定在那儿，可它不在！它又感到困惑了，只好又回到树上，继续撕咬那只可怜的甲虫，直到虫子变成一团肉泥。雌鸟再一次出发，再一次，再一次……直到它情绪激动起来，似乎在说："究竟出什么事了？我是在做梦吗？难道这只甲虫给我带来了噩运？"它惆怅着，虫子掉下去了，可它依然显得茫然无措。在那之后，它一边鸣叫着，一边飞进森林。我告诉泰德："它去找丈夫了。它现在遇上大麻烦了，需要安慰和帮助。"

大概过了几分钟，我们听见雄鸟的回应。不一会儿，两只鸟就急匆匆地奔向鸟巢，嘴里都塞满了食物。他们在那根熟悉的树枝上逡巡，雄鸟似乎在问："亲爱的，你怎么了？我看到咱们家了呀。"它俯冲下去，可同雌鸟一样，也铩羽而归。雄鸟急切地挥舞着翅膀，仔细地查看。面对一片空白，不知道它做何感想！雌鸟栖息在树枝上，紧盯着丈夫的动作，我猜它一定相信丈夫能找到它们的家。然而，它失败了。它感到困惑，感到激动，飞回树枝上，坐到雌鸟身旁。之后，雌鸟又试了一次，雄鸟也再去了一次，尽管它们把那个地方翻了个底朝天，却还是没发现半点蹊跷。它们说着话，互相鼓励，继续搜寻，有时你来，有时它去，有时一起出发。有几次，它们离新巢非常之近，我们几乎以为它们就要找到了，但是它们的注意力仍在鸟巢上方，那是鸟巢原先的位置。不久，它们便退回到另一根更高的树枝上，好像在自言自语："好吧，确实不在原来的地方了，但一定还在这里，我们再找找吧。"又过了几分钟，我们看见鸟妈妈突然从树枝上弹起来，像箭一样冲向鸟巢。那是母性的呼唤，它发现了孩子们。拯救它的是一种类似理性或常识的东西，让它耐住性子查看，瞧，那确实是它日思夜想的家！它把头伸进去，随即发了个信儿给丈夫。然后，它把整个身子探进去看，好一会儿才退出来。"对，它们真的在这儿，好好的！"它又进去，给孩子们喂食，然后让丈夫进去。鸟爸爸发出同样喜悦的叫声，也把自己带来的食物喂给孩子们。

见此情景，我和泰德长舒一口气，仿佛这才卸下了心头的重担。之后，我们便高高兴兴地继续我们的旅程了。这件事也给我们上了一课，那便是如果你在森林里想起东蓝鸲，说不定它们就在你想不到的附近。

四月中旬的一天早晨，两对东蓝鸲在我家附近求爱，它们相当活跃，时而很是激烈。我没大懂它们的尖叫或者扑棱翅膀，究竟是什么含义。它们非常愿意表达情感，雌鸟尤其如是。它时时刻刻跟随着自己的伴侣，抬起双翼，不断扑动着。很显然，它是想通过叫声和动作把它吸引到自己这儿来。从它的叫声中不断涌出的，如果不是高兴的、快活的、倾诉的、惹人喜爱的话儿，如果不是在诉说它的爱意，那会是什么呢？它总有种欲望，想要栖上雄鸟所在的那根树枝。可雄鸟躲开了，不然我想雄鸟很可能已经爬到它背上了。它不时从雄鸟身边掠过，于是雄鸟跟上了它，用行动和声音表达着对它的喜爱之情，而且还总变换着表达的方式。两对鸟儿一直待在一块儿，就在房子、鸟箱、树林，以及葡萄园里的桩子、藤蔓这一片区域内活动。我满耳所闻，是温柔的、持续不断的啼啭；目之所及，是扑闪的、蓝色的翅羽。

难道因为对手的存在，所以激起了它们更激烈的求爱，想要一较高下吗？总之，大约在我观看了一个多小时之后，它们两组甚至开始互相冲撞了。它们约在葡萄园会面，两只雄鸟扭打在一起，滚到地上，就那样张着翅膀躺了许久，好像被猎枪击中一般。然后，它们分开，各自回到伴侣身边，鸣叫着，扑打着翅膀。不久，两只雌鸟也扭抱在一块儿，掉到地上，仍然激烈地对战。它们翻来滚去，都想压到对方身上。它们像两只恶斗的牛头梗犬一样，用翅膀拍打对方，鸟喙胶着地锁在一起。这些动作不断循环重复着；有一阵儿，一只雄鸟冲进去，啄向其中一只，这才分开了它们。结果两只雄鸟又打起来了，它们的蓝色羽衣和绿色的草混在一起，沾上了红色的泥土。无论是哪一组"战斗"，都是那么的轻柔，实际上只是无关输赢的嬉戏。这一过程中没有任何声音，不见鲜血，也不会羽毛满天飞，有的只是猝不及防的混杂：蓝色的翅膀、尾巴和红色的胸脯。没有鸟受伤，尽管两喙、四爪相交，不过不见羽毛脱落，羽毛只是轻微发皱。有时一只将另一只压在脚下，但不会听见它们传来疼痛或愤怒的叫喊。这种打架场面，是观者所喜闻乐见的。鸟儿们锁住鸟喙，爪子缠在一块儿，能持续半分钟之久。有一只雌鸟常常陪在鏖战的雄鸟身边，举起翅膀，发出轻柔的声音。但它到底是在鼓励自己的伴侣，还是在呵斥对手，或是在恳求它们结束，抑或是撺掇它们继续，我也听不出来。就我所听到的，它这时的声音和它一直以来对它的伴侣发出的鸣叫，似乎并没有什么两样。

不过，我的东蓝鸲们挥舞着尖嘴利爪冲向对方时，它们的叫声听起来只透露出丝丝敌意。的确，鸟儿要想恐吓对方，自然会发出一点特别的杂音。有一次，两只雄鸟在地面拉开架势，这时一只旅鸫落到附近，紧盯着草地上的这团蓝色"风暴"，过了一会儿，竟又径直走了。

鸟儿们在地面翻滚，雄鸟首先发难，雌鸟随即也扑打着滚入草丛和泥地。在它们难分彼此、战况胶着之时，我一直跟着，不过显然没有任何人注意到我。有时，它们也会躺一分钟左右，但仍然不放弃防守，或者破解对手。看上去它们完全意识不到周围事物的存在；我甚至在想，它们会不会到头来成为猫或库氏鹰的猎物呢。行吧，让我来试试它们的警觉性。这样想着，当两只雄鸟又纠缠着滚到地上时，我手里拿着帽子，小心翼翼地靠近。在离它们大约10英尺的地方，趁它们不注意，我突然冲过去，把它们扣在帽子下面。即便如此，打斗声仍然持续了好几秒，然后才安静下来。战场突然陷入一片漆黑，它们会怎么想呢？不一会儿，它们开始用脑袋和翅膀轻蹭帽子内壁。随后，一切又安静了。我跟它们说话，唤它俩，不亦乐乎，但它们还是一声不出。时不时地，一只脑袋或身子轻轻地碰一碰帽子，而已。

但那两只雌鸟，看到自己的情人突然消失，显然感到很不安，发出警惕的哀鸣。一两分钟之后，我抬起帽子的一边，放一只鸟儿出来，然后再换一边。一只雌鸟马上冲向自己的伴侣，叫声充满喜悦，像在向它祝贺。它的伴侣呢，

东蓝鸲
eastern bluebird

则调皮地推了推它。另一对儿也同样完成了"重逢"。雄鸟显得很困惑,它不知道到底发生了什么,也不清楚是谁干的。它会不会以为,是那两位女性合起伙儿来做的?但它很快就同情侣和好了,另一对儿也一样。两对情侣一直待在一块儿,直到雄鸟再次开战。然而它们很快又分开了,情侣们回到鸟箱上,兴致勃勃地说起话儿来,不时停下,亲昵地拍打翅膀。

整个上午，都是这种求爱和作战的情形。最后，鸟儿的情况也同以前毫无二致，两对鸟儿都对自己的情侣相当满意。只不过，其中的一对在葡萄园里的一个鸟箱里安顿下来，哺育期间还孵了两窝幼仔；而另一对呢，则飞去了别处，在那里安了家。

东蓝鸲颂

一声悲鸣从天外传来，
"普尔，普尔，普尔"声调哀伤，
仿佛孤独的流浪者，
不知应该如何鸣唱。

突然，一道羽翼快如闪电，
沿着墙壁扑闪、轻掠而上，
那歌声恬美而多情
啊，我知道，它的心在歌唱！

哦，东蓝鸲！欢迎归来，
你湛蓝的羽衣、绯红的胸脯
是四月最爱的色彩——
像晴空挂在犁过的田野上。

农场少年听到你温柔的声音，
看到晴朗的日子不断流转，
还有糖槭林中的制糖厂，
一切都令它充满喜悦。

Chapter 1 东蓝鸲　　011

淡淡的炊烟随风飘散，
白茫茫的水汽氤氲开来，
你蓝色的翅膀是道愉悦的风景，
点亮了褐色、荒芜的树林。

红胸䴓
red-breasted nuthatch

看,静水缓淌,散发光芒,
茁壮的树干上,糖桶闪耀,
森林中的居民从洞中偷看,
一天又一天,工作也是娱乐。
待它腿上覆满绒毛,
五子雀①用鼻音演奏,
而旅鸫则停在树梢上,
对着天空吟唱夜晚的赞美诗。

去吧,把你想家的新娘带来,
告诉它这就是最好的地方,
在这里筑巢,和绒啄木鸟竞赛,
旁边就是我的乡间木屋。

① 即鸭科鸭属鸟。

Chapter 2
旅鸫

东蓝鸲到来之后不久，旅鸫便到来了。这种鸟大量分布在田野和果林里，经常能听到它们从草地、牧场和山坡上传来的声音。它们在森林里漫步，鸟翼的扇动让枯叶沙沙作响，空气中充满它们快活的歌声。除此之外，它们还会奔跑、跳跃、尖叫、追逐、嬉戏，或者以一种危险的速度冲进树丛中。

在纽约的诸多地区，和在新英格兰一样，仍然还有古法制糖的工作。这种工作半是娱乐性质，相当自由，充满乐趣，很是吸引人。在从事这种工作时，旅鸫便是最好的伴侣。晴朗的日子，在光秃秃的地面上，随时随处都能碰到他们。日落时分，它们栖在槭树巅，头颈上引，鸣唱着简单的曲调，仿佛目空一切。身处一片荒凉、幽静的树林，脚下是湿冷的土地，呼吸着冬日清冷的空气，即便整整一年间，也再没有比这更动听的声音了。这歌声与此情此景相得益彰，它是多么圆润、多么真诚啊！而我们是多么急切地想将它尽收耳底！鸟儿发出的第一声，打破了冬日的魔咒，也永远留在了我们的记忆中。

最让我们感激的冬日战士之一，便是旅鸫。早春时节，两只雄鸟在草地上打闹、腾跃，我想再没有比这更有趣的情形了。它们对待彼此礼貌而节制，在交替着出击的过程中，它们时而前进，时而退避。一只朝前蹦上几英尺，然后轮到另一只。其中一只以一种真正的军姿站得笔直时，它的小伙伴则以椭圆的路线行进，走过它身旁，都发出自得的啼声，声调高昂却又压抑。这令观者感到疑惑：它们是恋人？还是敌人？直到它们弹跳起来，两喙相交，眼神闪烁，跳在半空中，离地可能有几英尺——可是，实际上它们哪能真正伤害对方。每次进攻都能招架住，鸟儿的肢体交接在一起。它们羽衣微张，胸部散发着光晕，还发出模糊的、却可以听见的宣战声。它们在田野、草坪、树林和空地上互相追逐，却始终保持着高贵的风度，显得淡然自若。这就是在这个季节所能见到的最文明、最有教养的风景。

到四月中下旬，我们还能见到我称之为"旅鸫狂欢"的场景——三四只鸟结成一队，快速地冲过草坪，到达一棵树、一个灌丛，或者空地上的任意一处，然后全体以最高的声调尖叫。然而，它们究竟是感到快乐，还是愤怒，这很难分辨出来。这支队伍的中心是只雌鸟，追着它的雄鸟半点儿也不像情敌，它们看上去更像是一个团体，要把雌鸟推搡出去。在冲来冲去的过程中，一对情侣便结成了。情形很可能是这样的：雌鸟向求爱者叫道："谁先抓到我，我就跟谁好！"然后，它便像箭一样跑出去。雄鸟们回答它道："行！"于是，它们争相追逐，都想赢过对方。这个游戏的时间很短，我还没怎么弄明白，它们就已经一哄而散了。

在我住进小木屋的第一个年头，有一对旅鸫试图在雨篷下的一根圆木材上筑巢。但这并不是个合适的地方，大约一周以后，鸟儿花费了许多力气，最终才意识到这一点。它们找来的原材料很粗糙，没法附着在圆木表面，而哪怕一阵微风，也能把它吹下来。一连好些日子，我的门廊下堆满了树枝和草茎，直到他们放弃这里。又过了一季，另一对鸟儿也有同样的打算，它们显得更明智、更有经验，最后终于成功了。这对旅鸫将巢背靠连接圆木的橼子，而且用湿泥打基础来固定第一层树枝和麦秆。不久，它们便建成了一个稳固而精致的鸟巢。过了一段时间，当幼鸟预备飞离小巢的时候，我们会发现这时巢中有老有小，跟人类家庭一样，这种现象着实有趣。有一只鸟儿成长得比大家都快，难道是那对夫妇故意喂肥他，这样孩子们就能按一定的次序走向外面的世界？不管怎么说，这只鸟儿要比其他鸟提前一天半的时间离巢。巧合的是，在它第一次想要出去的时候，我恰好正在一边观察。它的父母待在几码以外的岩石上，在那里鼓励它，向它保证一定会没事儿的。小鸟用活泼的、尖厉的声音回答它们。随后，它翻过鸟巢边缘，向前走了几步，顿了顿，再往前走，一直走到离巢一码远的地方。此时它已经到了圆木的尽头，能从上面看到广阔的自由天地。它的父母显然在冲他叫着"加油！"然而，这会儿它的勇气却没有那么多了，它四下看着，看到自己离家是那么远，它蹦跳着奔回鸟巢，像个受了惊的孩子一样爬了进去。它已经做出了离家的尝试，然而家的羁绊还是将它拉了回去。几个小时后，它又来到圆木末端，然后再次冲回家。第三次尝试的时候，它似乎胆大了一些，翅膀也硬了一点，它呼喊着跳下去，轻松地飞向十几码以外的几块石头上。像它一样，其他幼鸟一只接着一只离开了鸟巢，间隔不超过一天。第一次，都免不了沿着圆木走个几步，然后因为离家如此之远而突然感到惊恐，随即冲回家。然后再次尝试，可能还会再来一次，最后迈出不会再回头的那一步，

旅鸫
American robin

跃入空中,哗啦啦扇动着翅膀飞向附近的灌丛或岩石。幼鸟们一旦离家,便不会再回去。它们第一次振动双翅,就割断了家和它们牵绊的纽带。

最近有一次,我看到一只旅鸫在前院挖虫子。本来,它们逮住一只虫子,然后将它从草皮下面的洞穴里拖出来,是一件再平常不过的事情。不过,我不太确定自己以前有没有见过鸟儿专门挖虫子,然后将白胖的虫子从地底下拽到地面上来。我看到的这只旅鸫,在附近的槭树上哺育了一窝幼鸟,因此它总在这一带勤劳地找食物。它学着其他旅鸫的样儿,沿着短草地向前跑,每过几英尺便停下来,身子定住、挺直。有时候,它会突然间向下伸直脑袋,将眼睛或耳朵贴近地面,聚精会神地压在地上。然后,它会弹起来,用鸟喙奋力地啄草皮,而且不断变换角度,始终保持警惕,把草根和泥土抛出来,再向更深处挖掘。它会变得越来越兴奋,直到最后抓住一只大肥虫子。短短几天之内,我就见它用同样的方式,一次又一次挖到不少虫子,并将它们拖到地面上。它是怎么知道从什么地方下手的呢?每一次,虫子都在地表以下不超过一英寸的地方,难道它听到了它们啃噬草根的声音?还是说它能看到有虫子活动的草皮的细微变化?我完全弄不懂。我只知道,它没有一次失手。仅有两次,我见它向下啄了一阵,不一会儿就停下来了,就好像它明白自己被假象蒙骗了一样。

Chapter 3

北扑翅䴕

北扑翅䴕
northern flicker

在旅鸫之后不久到来的是金翼啄木鸟（golden-winged woodpecker）。这是另一位四月的访客，不仅在这个季节，秋季他还会和旅鸫相会一次。金翼啄木鸟别名不少，俗称有"高洞鸟"（high-hole），又名"北扑翅䴕"（northern flicker）、"呀拉普"（yarup），还可称为"黄锤"（yellow-hammer）[①]。我小的时候最喜欢这种鸟了，它的叫声对我来说意义颇多。它们来到这儿之后，会在一棵树的枯枝上，或者篱笆桩上，不断发出响亮的长鸣，以此作为宣告。这完完全全是四月的曲调，它让我想到了所罗门对春天的描绘，"龟之声此地可闻矣"。在这个乡村，我仿佛看到了与这番描述同样特别的风景，所以它同样可以用所罗门的诗句来结束："林中传来啄木声响。"这声音响亮、雄浑，不在于求得回答，只为了表达爱意，或者干脆就只是唱歌而已。这是"呀拉普"式的和平之歌、善良之歌。

我想起了一棵古老的槭树，它站在一丛卵叶盐肤木前，仿佛哨兵一般。一年又一年，以它逐渐腐朽的木心，为一窝北扑翅䴕提供了绝佳的保障。筑巢期到来前的一两周，每个晴朗的早晨几乎都能

① 这一英文名也可指鹀科鹀属的黄鹀。

看到三四只鸟儿，在腐木上跳跃、嬉戏，甚至求爱。有时，只能听到温柔的、劝慰的"咕咕"声儿，或者安静的窃窃私语，然后才是嘹亮的长鸣，它们坐在光秃秃的树枝上，一声接一声。不一会儿，却又传来一阵狂野的、嬉闹的笑声，混杂着各式各样的尖叫，仿佛发生了什么，让它们乐不可支。这一类社交性的狂欢、喧闹，是在庆祝配对、交尾呢，还是只是它们一年一度的夏日乔迁派对呢，我不敢妄下结论。

北扑翅䴕不像它的大多数亲戚们，它更喜欢田野和森林深处的无人地带。因此，它维持生计的食物也有点特别，是它从地上获取的蚂蚁、蟋蟀一类。它似乎并不满足于自己啄木鸟的身份，而是常常跻进旅鸫和雀鸟的圈子；也不再在草坪里的树木上厮混，而是靠浆果和谷粒过活。至于这样的生活会带来什么样的后果，应该是达尔文关注的问题。比方说，它常在地面活动，有从地面取食的专长，这样会让它的腿变长吗？浆果和谷粒会不会柔化它羽毛的颜色和声音呢？喜欢和旅鸫交往，它会不会也想跟着歌唱？

银白槭
silver maple

北扑翅䴕
northern flicker

　　一对北扑翅䴕把家安在一棵苹果树上,远比它们平时选择的地方更靠近房屋。这是一个树干上的节孔,通往腐蚀的树心。北扑翅䴕将树洞扩大,甚至保持得和松鼠的巢穴一样干净。我没法看清树洞里面的布置,但是每次我走近,都能听到鸟儿的声音渐远。很显然,它们不断啄下木屑,使洞穴越来越大,逐渐具有形状。啄掉的木屑不会扔出洞外,而是垫在洞底。这种鸟儿不像是在筑巢,更像是在雕刻。

　　似乎没过多长时间,就听到树洞里传来幼鸟的声音。一开始,这声儿很微弱,不过日子一天天过去,声音也越来越明朗,从很远的地方就能听到。要是我把手放在树干上,会引起它们激烈的回应,引来一阵喊喊喳喳的叫声。不过,要是我爬上去,到了洞口附近,它们很快就能发觉,然后快速逃走,还不时发出警告的声音。还没羽翼丰满呢,它们就敢爬到洞口等待食物。可是洞口只能容下一只鸟,于是免不了一阵排挤、争斗,它们个个都想抢占这个位置。这个位置可谓极佳,不仅可以夺得先机,获得食物,而且从那儿望出去,是广阔的、闪闪发光的世界，鸟儿们怎么看也看不够的。当然，空气清新也是一个好处，因为洞里的气流似乎并不怎么通畅。父母带着食物回来的时候，待在洞口的那只鸟儿并不会全都吃光。它只吃掉自己那一份，然后要么它自觉自愿，要么父母提醒它，于是它便让路给排在后面的鸟儿。一窝幼鸟中照例有一只出类拔萃，成长得更快，比其他幼鸟领先个两三天离开家。它的声音更响亮，有更多机会挤到洞口。但是，我注意到要是它占据那个位置太久，其他幼鸟也不会让他好过。于是，一阵"坐如针毡"之后，它不得不退居"二线"。可是，这样的报复并不严厉，小伙伴们往往待上一会儿，就闭上眼睛，从那儿退回洞里，仿佛它们已经对这个世界失去了兴致。

不用怀疑，这只拔尖的鸟儿会头一个离开家。在那一天到来之前的几天里，大多数时候都是它在把守洞口，而且不停地叫唤。这时，父母已经不怎么喂它了，它们希望这样做能激励它离开。一天下午，我正站着观察它的行动，它好像突然下定了决心，打开从未使用过的翅膀。毫无疑问，我很赞同它的决定。这对翅膀非常有力，让它克服重力，飞到了五十码高的地方。第二天，比它体格、胆量稍弱的老二，也以同样的方式离开了家。然后是另一只，最终只有一只留下来。可是，父母不再飞来看它了。有一天，它一直叫唤着，听得我们的耳朵都起茧子了。没有人在后面鼓励它，于是它走出来，爬到树干外表，在那儿叫了足足一个小时。最后，它鼓起勇气挥动翅膀，像其他幼鸟一样飞走了。

北扑翅䴕的配对活动，我几乎一场不落地观看了，和东蓝鸲、旅鸫都不一样。它们不会生气，也不会打斗。一两只雄鸟会落在雌鸟前面的树枝上，然后从雌鸟面前走过，伴随着一连串鞠躬、倚蹲之类的动作，那场景着实惹人发笑。雄鸟一会儿展开尾巴，一会儿鼓起胸脯，一会儿又收回脑袋，然后左右弯曲身体，发出一阵奇特的、音乐般的打嗝声。雌鸟面对着它，一动也不动，让人分不清雌鸟到底是在挑剔，还是在防卫。很快，它飞走了，求爱者也跟着飞走了，然后，同样的一幕又在另一棵树上上演。对于北扑翅䴕来说，击鼓声对于求偶来说非常重要。雄鸟或者占据一根回音响亮的枯枝，或者站在建筑的脊板上，敲出它所能发出的最大声音。我最喜爱的，还是它们在中空的木管或者一截水泵上敲击的声音，这些东西被我用作避暑小屋的鸟箱。它们可以说是绝好的乐器，音调锐利而清晰。北扑翅䴕停在上面，敲出"咔嗒咔嗒"的声音，很远都能听到。然后，鸟儿抬起头，唱起四月的歌儿：喂——咳，喂——咳，喂——咳，喂——咳。接着，又是一阵"咔哒"声。如果雌鸟还是没发现它，肯定不是因为它的叫声不够大。相反，它的声音是相当容易辨识的，简单而原始，充满对四月的情意。就在我写这几行文字的当儿，还能听到虚掩的门外，一只北扑翅䴕的鸣啭从遥远的地方飘过来。然后，我听见它敲啄的声音，持续了整整三天，它试图穿透河边冰窖的那块防雨板，想用那些锯末去充填巢穴。

Chapter 4
灰胸长尾霸鹟

在我的美好回忆中，还有一只四月之鸟，那便是灰胸长尾霸鹟，一种极善捕蝇的鸟。在内地的农耕区，复活节晴朗的早晨，我常能见到这种鸟。它们站在谷仓或者干草棚顶上，用各种姿势和表情，宣告它们的到来。到这时节，你或许只听过东蓝鸲那哀怨的、思念的啼啭，或是歌带鹀模糊的鸣唱；而灰胸长尾霸鹟那清晰、活泼的声音，和它的存在一样，受到所有听众的一致喜爱。在几次产卵期的间隙，它在空中划出圈状或椭圆状的路线，似乎在探寻昆虫的踪迹。不过我猜想，这种充满艺术感的夸张动作，某种程度上是力求弥补它在音乐表演上的不足。如果说外表平凡意味着歌声美妙——似乎常常如此，那么灰胸长尾霸鹟应该在演唱事业上所向披靡，因为它那身烟灰色的羽衣再朴素不过了。不仅如此，同样地，它的体型在鸟类中也很难称得上完美。然而，它一年一度的现身，以及它文明、亲切的举止，能够弥补所有歌唱和外表上的不完美。

　　灰胸长尾霸鹟在筑巢的问题上充满了智慧，可能跟其他鸟儿一样，无论是它们自身，还是其住处，都尽量同危险绝缘。它低调的烟灰色羽衣和他藏身的岩石有着同样的颜色，同时它利用地衣，令鸟巢看上去如同自然生长的植物，或者堆积层。但是，如果是把巢建在谷仓或者房屋下——事实上经常会是这种情况，此时地衣就很碍事了。毋庸置疑，鸟儿能够及时领会到这一点，一旦决

美洲水鼬
American mink

定在这些地方安家,它一定会除掉地衣。这一年夏天,我只注意到两个鸟巢:一个位于谷仓,但是没能保住,我猜可能是因为老鼠,不过也有可能是猫头鹰;另一个在森林里,最后育出了三只雏鸟。第二个鸟巢的位置非常巧妙,颇有见地。我是在寻找萍蓬草的途中发现它的。那是一条蜿蜒的河流,悠长、深邃,平坦地延伸开去。一棵参天大树被吹倒在河岸边,它有着繁茂、上翘的根须,黝黑、煤烟似的沼泥填补了根须的罅隙,共同形成了一堵几英尺高的断墙,在缓缓行进的河流的岸边耸起。在泥墙面对河流的那一面,形成了一个壁龛式的凹槽,灰胸长尾霸鹟就在这其中筑巢、育雏。我划着船沿河上溯,预备将鸟巢带出去。幼鸟们已到了快要离巢的时候,对于我的出现,它们不为所动,仿佛对巢的选址十分放心,相信绝不会有危险降临。还好水鼬不会光顾这样的地方,不然他们可不会这么安全。

菲比霸鹟[1]的登场

槭树上又挂上糖桶，

糖汁一滴一滴落进桶中；

天气渐暖，可夜里仍寒冷，

林子里还飘着雪花，

牛群关进圈里，哞哞叫着，焦躁不已，

此时，菲比霸鹟的声音在清晨响起，

"菲比，

菲比，菲比"这鸣叫令人振奋，

打败了母鸡咯咯的啼声。

雪堆融化，山峰露出了贫瘠，

早春的蜜蜂绕着蜂房嗡嗡，

土拨鼠爬出地洞

发现自己还活着，欣喜若狂，

[1] 灰胸长尾霸鹟是菲比霸鹟属的鸟。为了译文诗歌语言的优美流畅，此处译为菲比霸鹟。

北美萍蓬草
spatterdock

羊群在田野间啃食，

此时，菲比霸鹟叫出自己的名字，

"菲比，

菲比，菲比"这鸣叫充满哀伤，

姬鹬也鸣叫着划过清晨的天空。

野鸭在溪水和池塘里嘎嘎，

东蓝鸲落在毛蕊花茎上，

春天融化了结冰的湖面

油光铮亮的短嘴鸦在褐色的田间散步，

当花栗鼠在路边的墙上求爱，

此时，从屋脊上传来菲比霸鹟的叫声，

"菲比，

菲比，菲比"它抬起头来，

老烟枪迪克正煮着槭糖汁。

花栗鼠
eastern chipmunk

姬鹬
jack snipe

Chapter 5

褐头牛鹂

褐头牛鹂是四月里一位引人注目的歌唱家，因为他相当谦虚，所以姗姗来迟。它发出的，是一种特别的、四月的、仿佛在流动的声音。实际上，人们可能会以为，他的嗉囊中盛满了水，因此它的声音仿佛冒着泡，如同牛儿反刍，很明显，这是通过胃部收缩制造出来的。褐头牛鹂是我们目前所知的，唯一一种多配偶的生有羽毛的鸣禽。由于这种鸟儿的雌鸟远远超出雄鸟的数量，所以雄鸟往往拥有"三妻四妾"。一旦别的鸟类开始筑巢，褐头牛鹂便开始不安分了，他们像吉普赛人一样，偷偷摸摸出来，不是去偷其他鸟类的鸟蛋，而是把自己的塞进别人窝里，以此来逃避孵蛋和哺育孩子的辛劳和责任。

　　褐头牛鹂采取的策略可能是，偷窥其他鸟儿的育幼活动。常常能见到褐头牛鹂雌鸟在树林和灌丛中焦急地穿梭，寻找一个合适的安家地点。然而更常见到的是，它栖息在一个好地方，看着其他鸟儿飞来飞去。毫无疑问，很多时候褐头牛鹂会移除其他鸟类鸟巢里的鸟蛋，就为了自己那几枚"偷渡客"。我就曾发现一个鹀鸟窝，里面有两枚鹀鸟蛋和一枚褐头牛鹂蛋，还有一枚鹀鸟蛋躺在一英尺以外的地上。我将这枚蛋放回去，可第二天，我发现它又被扔出来了，顶替它的是另一枚褐头牛鹂蛋。我再次把它放回去，然而它仍被排挤出来，兴许是被毁掉了，因为我找不着它了。像森莺那样极度警觉、敏感的鸟儿，常常把陌生的鸟蛋放在原先的鸟巢上面的新巢底下。一天早上,一位居住在东部城郊的女士,听到一对莺鹪鹩悲哀的叫声,这对鸟儿在它前廊的忍冬树上做了窝。她从窗子往外看,发现了这么一出喜剧:一只褐头牛鹂衔着鹪鹩蛋,飞快地跑,一对莺鹪鹩在后面追,一边尖叫着、咒骂着,一边还像爱说话的小鸟那样,手舞足蹈着。这种情景对于这位女士来说是喜剧,但对莺鹪鹩来说,可是不折不扣的悲剧!那只褐头牛鹂可能被它的侵犯行为带来的后果吓到了,莺鹪鹩们毫不客气地教训了他一顿。

每一只褐头牛鹂的顺利成长,就有两只、甚至更多其他鸟儿恐怕要付出生命代价。就好比,在吃草的牛群中,如果有一只这种灰不溜秋的小鸟儿在那儿溜达,那么就相当于有两只左右的鹀鸟、莺雀,或者森莺在那里。这代价可一点儿也不小,两只角百灵换一只褐头牛鹂,就像拿两英镑换一先令。这种程度的不划算,大自然却并不会犹豫。褐头牛鹂的幼鸟有着与年龄不符的巨大体格,同时极具攻击性,可以说跟豪猪没什么两样。要是有人妨碍到它,它会紧紧攀附着鸟巢,尖声大叫,恐吓似的快速啄来啄去。在我观察的歌带鹀的巢中,孵化出一只褐头牛鹂。要是我没有插手帮忙,它可能已经压碎了

褐头牛鹂
brown-headed cowbird

大花秋葵
swamp rosemallow

蓝翅虫森莺
blue-winged warbler

比它晚几个小时出世的小歌带鹀。我每天都会去瞧瞧它们,将小歌带鹀从这个大腹便便的闯入者身下拿出来,然后放到最上面,使它能暂时自我防守。两种鸟儿差不多同时羽翼完满,离开鸟巢。至于褐头牛鹂从此以后还会不会压制歌带鹀,我就不知道了。

Chapter 6
棕顶雀鹀

霸鹟抓一只飞蝇，速度是非常快的。而且这一过程中，没有打斗，也没有追赶，一个俯冲，问题立马解决。瞧瞧那边的小雀，它的技术可就差点儿。那是棕顶雀鹀，它发现自己最好还是吃吃各类种子，或者昆虫的幼虫。尽管有时候，它也会有更高的志向，想学东绿霸鹟，于是便以一场奇异的追逐秀开始了他的霸鹟生涯，追着一只甲虫或者一只剑纹夜蛾，然而很不幸，这应该也是它模仿的终点。我猜它现在正在草丛里觅食呢，尽情释放捕食的热情。瞧！机会来了。远处有只小小的奶油色的草地蛾，正在尽可能七弯八拐地潜行，棕顶雀鹀就在它后面追赶。这场竞赛够滑稽的，不过对那只蛾虫来说这是件严肃的事儿。追出好几码远的地儿，突然，棕顶雀鹀猛地冲过去，盖住草地，然后振翅起飞。这时，捕食告一段落，蛾虫也喘了口气儿。棕顶雀鹀生气地叫着，仿佛下定决心绝不放弃。它保留了一点儿力气，盯住逃兵的一举一动，有一瞬间它几乎要咬住虫子了，但还是让虫子逃脱了。就这样，时而失望，时而希望，它最终还是厌倦了，回去找它原先捕食的对象。

　　去年夏天，我在笔记本上记下这样的情形：在屋前的槭树上，有一窝旅鸫的幼鸟，一只棕顶雀鹀常来喂食。这只棕顶雀鹀非常认真，看上去它着实喜欢这群领养的孩子。旅鸫夫妇却很嫌恶它来帮忙，只要看到它出现在附近，就会把它赶走（正是因为有一次棕顶雀鹀快速离开，我便开始注意它们）。于是，棕顶雀鹀留意着机会，在旅鸫夫妇不在的时候，就带着食物过来。雏鸟就快能飞了，棕顶雀鹀在喂雏鸟的时候，它的头全都消失在小鸟大张的嘴里了。它猛地收回脑袋，好像真的害怕被吞进去似的。在这之后，棕顶雀鹀沿着巢的边缘散步，仿佛很羡慕这群雏鸟。看到旅鸫妈妈回来，它打开翅膀，作出防卫的姿态，然后立刻飞走了。我很好奇，不知道它有没有养过牛鹂。（一天后）旅鸫夫妇离开鸟巢后，那只棕顶雀鹀又来了。它胆怯地、犹豫地靠近雏鸟，似乎怕它们吃了它，然后迅速地将那一丁点儿食物投进它们张开的嘴里，随后便猛地后撤。

棕顶雀鹀自己的孩子都不见了吗？它是一位单亲妈妈？还是说，只是因为它的母性大发、爱己及人？这一现象背后真正的原因一定很有意思。

粘杜鹃
swamp azalea

东绿霸鹟
eastern wood pewee

棕顶雀鹀
chipping sparrow

Chapter 6 棕顶雀鹀 045

叉尾王霸鹟
fork-tailed flycatcher

Chapter 7
东唧鹀

东唧鹀是一种羞怯的鸟类，但并非那样隐秘。它一向好奇心十足，在落叶丛中来回穿梭，故意引人注意。除了刺歌雀之外，东唧鹀的雄鸟或许是世界上所有飞禽中最显眼的了。它的鸟背呈黑色，两翼为深棕色，胸脯则是洁白的。这深棕色和树叶的颜色遥相呼应，它总在落叶中蹭来蹭去，叶子与胸脯、翅膀摩擦着，沙沙作响，以至于这些部位都染上了树叶的颜色。如果是这样，那么黑色和白色又从何而得呢？这只鸟儿似乎意识到，它羽毛的颜色会出卖它，因为森林里其他鸟儿都相当谨慎，尽量不让自己轻易被发现。当东唧鹀唱歌的时候，它最喜欢停在离地表最高的灌丛顶上。一旦有什么异常情况发生，它能立刻藏身于灌丛，不让人发现。

在托马斯·杰斐逊[①]写给威尔逊[②]的信中，也谈到了东唧鹀这种鸟，它引起了威尔逊的强烈兴趣。那时，威尔逊正处于职业生涯的转折点。作为一名鸟类学家，他此前画出了灰噪鸦的插图，并把插图送给总统先生，那是一种新的鸟类。在回信中，杰斐逊总统令他将研究兴趣转向了这种"让人好奇的鸟类"——哪儿都能听到它们的叫声，却很少见到它们的踪影。二十年间，总统委托他的邻居，

① 托马斯·杰斐逊（Thomas Jefferson），美国第三任总统。

② 亚历山大·威尔逊（Alexander Wilson），美国著名诗人、博物学家、插画师，被称为"美国鸟类学之父"。

美国白栎
white oak

灰噪鸦
grey jay

一位年轻的运动员,为他射下一只东啷鸦,然而始终未能如愿。"无论在春天还是秋天,它们都在林子里,"他在信中写道,"很难发现它们,除非是在高高的树梢上,它们总在那儿歌唱,歌声就像夜莺一样甜美动人。我曾经尾随一只鸟儿好几英里远,然而一次也没能见到它的真容。它和小嘲鸫差不多大,样子也差不离,背部颜色和鸫鸟类似,腹部和胸部是灰白色的。我的女婿兰道夫倒是让人给他射下了一只……"兰道夫却说它的那只是霸鹟,简直错得离谱。根据杰斐逊描述的颜色,尽管他一路跟随,他一定只见到了雌鸟。显然,他更多的是依靠直觉,而非紧随鸟儿的踪迹,不然他早就看清鸟儿了。这种鸟并非什么新品种,事实上人人都知道他,只不过人们一般叫它"地鸲"(ground-

Chapter 7 东嘲鸫

robin）。总统先生的描述错误百出，这无疑误导了威尔逊，导致他很久之后才弄清楚真实情况。话说回来，杰斐逊的信代表了这样一种情形：专家们常常从一些"聪明"的人物那里获取信息，然而这些人只是出于好奇，或者因为第一次看到或听到某种仅对他们而言的新物种，便向科学家们描述这种他们错误的"发现"，让专家们徒有一阵兴奋。这些人的描述大致上"符合"实际情况，就像大衣刚好能搭上椅背一样的"符合"。那些不寻常的事物，无论在天上，在水里，还是在地表以下，似乎时时都有人瞧见——除了那些苦苦寻觅的人。而这些人，就是博物学家。在威尔逊和奥杜邦[1]看到这种所谓的"新"的鸟类之后，一切误解、传闻便都不攻自破了，此后这种鸟儿便成了田野里、森林中再平常不过的事物。

---

[1] 约翰·詹姆斯·奥杜邦（John James Audubon），美国画家、博物学家。

Chapter 8
褐弯嘴嘲鸫

褐弯嘴嘲鸫
brown thrasher

黑栎
water oak

我们这只褐弯嘴嘲鸫，快乐地待在一棵孤零零的、高高的大树的树枝上。它的啼鸣声变化无穷，复杂多样，足足持续了一个小时。它是美国最伟大的歌唱家，就我所知道的，再没有别的鸟儿像这个"黄眼儿歌手"一样，有这样轻重有致、像军事命令一般的叫声，仿佛扳动了一个巨大的扳机。可是，褐弯嘴嘲鸫为什么总是鬼鬼祟祟的呢？它似乎老是用脚尖着地。我从没听说它偷过什么，然而，它经常偷偷躲着、藏着，就像一个亡命之徒。从没有人看到它在高空出现过，也没见它像别的鸟儿那样敞敞亮亮地掠过去。要是感到难为情，它也会猛地冲进篱笆或灌丛。唯有当它有歌唱的冲动时，它才会去一个视野通透的地方，在世人面前现身，好似要让全世界听到它的歌声。

　　经年累月，我没有发现哪怕一个褐弯嘴嘲鸫的巢。这种鸟儿的巢穴可不是随随便便就能撞见的，它总是位于一个隐蔽的地方，就像被守财奴藏起来的金币，而其他人都虎视眈眈。雄鸟在它能找到的最高的树枝上，变换着多种唱法，表达它的骄傲和得意，似乎是在邀请你走近它，寻找藏在它身边的宝贝。但就算你走过去，也找不到任何东西。鸟巢一定在它的歌声所不能及的地方，它绝不会如此鲁莽，敢在鸟巢附近引吭高歌。在一些艺术家拍下的照片中，一只褐弯嘴嘲鸫雌鸟正在孵蛋，而雄鸟就在不远的地点歌唱，这场景实在是温馨，然而现实中却是绝不可能发生的。我找到的褐弯嘴嘲鸫的巢,离那只聚精会神唱歌的雄鸟三四十杆之远,鸟巢安在一片开阔的地面上,隐藏在一丛低矮的刺柏下。我经过那附近时,还是我的狗发现了其中的鸟儿。要看到里面的鸟巢,非得把树枝给举起来,再拨开。诸如此类的种种隐蔽鸟巢的办法,不认真学习可不成。鸟巢往往就在你觉得最不可能的地方,但即便你找到了正确的地方,往里看,除了苍翠、浓密、低矮延伸的刺柏,你什么也发现不了。你走近时,雌鸟会掩护它的根据地;然后你开始拨弄枝条,它便会一跃而起,掠过地面,划出一道鲜亮的、棕色的线,飞向附近的篱笆或灌丛。我一开始很相信这个鸟巢不会被侵袭,然而我错了。或许,我和我的狗开了个"好"头,不久后的一天,我又朝里瞄,却发现巢内一无所有。听不到熟悉的枝头传来的骄傲的歌声了,也再没有见这对鸟儿在那儿活动。

条纹臭鼬
striped skunk

欧洲刺柏
common juniper

　　在这个季节，经历了好几次覆巢的打击之后，这对鸟儿似乎想要孤注一掷，它们下定决心，下一次面对敌人一定要想办法取胜。这对褐弯嘴嘲鸫把巢筑在一棵低矮的苹果树下的草坪上，牛群常来这儿吃树叶，于是那厚实、伸展的枝叶就被压弯了，离地面才几英寸高。那地方还长着一些黑莓荆棘丛，因此鸟巢受到了完美的掩护。我走到附近时，是我的狗首先发现了它们。于是我弯下腰，仔细地观察，这才发现了鸟巢和鸟蛋。每周总有两三次，我经过那里，然后停下来观察巢内的情况怎么样了。鸟妈妈守卫着它的家，它黄色的眸子一眨也不眨。一天早上，我照例去看它的"营地"，然而鸟巢里什么也不剩了。某种夜行动物,又或许是白天来了臭鼬、狐狸、黑蛇,或者红松鼠,实施了这次抢劫。似乎因为保护得太好了,以至于入侵者首先便光顾这类典型的地方。"那是自然喽!"这位入侵者会说,"这种地方最有可能发现鸟巢了。"在那之后,鸟儿们搬到了山那边一百杆以外的地方,离房子更近了,然后它们在一处相当袒露的灌丛,又尝试了一次。然而再一次,它们又陷入悲恸。此后,又耽搁了几天,鸟妈妈做出了一个大胆的举动。它似乎是这样说服自己的:"就因为我费尽心机掩护鸟巢,才发生这样的悲剧。现在我要采取截然不同的方法了,就选在露天的地方。我藏身之所敌人也可藏身,不如痛痛快快展示给敌人看!"这样想着,它走出来,在两个葡萄园中间的小径旁,一片幼芽附近筑起新巢,我们每天都要从这条小径来来回回好多次。我偶然发现她是在一天早上,我正从那儿走去劳动。它就从我的脚边开始,飞快地在犁过的地上掠过,小小的身影几乎和红色的泥土融为一体了。我很欣赏它的大胆,显然,无论是白天还是夜晚活动的侵略者,都怎么也想不到这种地方会有鸟巢。这里没有吸引它们过来的掩饰物,也没有任何其他隐蔽的措施。这次的鸟巢盖得匆忙,仿佛鸟儿已经耗尽了耐心。没过多久,巢里出现了一枚鸟蛋,第二天又多了一颗,依此递增。毫无疑问,这一次鸟儿肯定会成功,不会有任何人来打扰它了。可是,到了葡萄园耕作的时候,马儿和耕耘机一定会经过这个地方,这一点鸟儿可没想到。我决定帮它一把,于是我叫来仆人,告诉他园子里有那么一块巴掌大的地方,绝不能让马蹄和机器的利齿碰到。然后,我带他去看了鸟巢的位置,提醒他一定要避开。或许我还是不告诉他比较好,让鸟儿自己保护自己,也许那样鸟窝便逃过一劫了。然而,我的仆人越是试图避开鸟窝,可能过分在乎了,反而适得其反:马儿挣脱出去,刚好踏在那里。这么小的地方,马蹄恰好踩中的概率应该是非常小的,然而灾祸确实发生了,鸟儿的希望又一次落空。这对鸟儿从此便飞走了,我在附近再也没见过它们。

Chapter 8 褐弯嘴嘲鸫 059

北美红松鼠
American red squirrel

Chapter 9
莺鹪鹩

莺鹪鹩
house wren

几年以前，我曾在园子的尽头给莺鹪鹩安了一个小小的鸟房。每年到了季节，一定会有一对莺鹪鹩住在这里。有一年春天，一对东蓝鸲仔细查看了鸟房，在附近逡巡了好些日子，让我以为它们会留在这儿。可是，它们最后飞走了。又过了一阵子，莺鹪鹩来了，嬉笑玩闹了一会儿之后，还是像往常一样去它们的老地方，表现出莺鹪鹩才有的那种快乐。

我们的一位年轻诗人麦伦·本顿，曾看到有只小鸟"一阵旋风般的狂喜令其羽翼震颤"。这句诗说的一定是莺鹪鹩，我觉得再没有别的鸟会像它们这样，能一边唱着歌，一边摇摆、跳跃了。我说的这对莺鹪鹩看上去格外高兴，雄鸟的嗉囊里似乎满满的都是歌儿，因此一整天，它都保持着震颤的状态。不幸的是，在这对鸟儿蜜月结束之前，那对东蓝鸲又回来了。早上我起床之前，就预感到可能出了什么事。因为窗外竟然没有了往常那种持续不断的、热情洋溢的歌声，只能听到莺鹪鹩害怕的尖叫和咒骂声。我走出门，看到东蓝鸲抢占了那间鸟房。可怜的莺鹪鹩绝望极了，它们将翅膀拧在一块儿，撕扯自己的羽毛，在这样发泄一通之后，它们也只是对着侵略者发出"咔嗒咔嗒"的声音，仿佛在表达它们的厌恶和愤怒。我相信，要是能把这段话翻译出来，就会知道它们说的是最严重的骂人的话。你可不要小瞧莺鹪鹩，它的一张嘴要比其他鸟儿厉害得多呢！

东蓝鸲一直没说话，不过雄鸟一直监视着莺鹪鹩先生。一旦它靠得太近，追过来，便会把它赶到篱笆、垃圾堆或其他东西下面。于是，莺鹪鹩便在那儿咒咒，滔滔不绝。追来的东蓝鸲还留在篱笆或者豌豆架上，等着他再次露头。

日子一天天过去，霸占人家巢穴的，倒过得挺滋润，被逐出去的却着实悲惨。不过，后者在旁边徘徊着，盯着敌人，折磨着它们，它们显然私心想着，要是和敌人的位置对调一下就好了。愤怒的莺鹪鹩充满了复仇的渴望。此时，东蓝鸲的雌鸟拥有了一窝鸟蛋，准备开始孵化。有一天，雄鸟栖息到它上方的谷仓上，有个小男孩跟着过来了，手里拿着那种淘气的塑料弹弓，用小卵石将它射下来了。雄鸟的尸体躺在地上，就像一小块儿蓝天掉在了草地上。孀居的鸟儿似乎知道发生了什么，第二天便毫不犹豫地追随另一只雄鸟，从那儿消失了。

与此同时，莺鹪鹩就在旁边开心地待着，事实上它们真的高兴得叫出了声。如果说那只雄鸟之前还是"一阵旋风般的狂喜令其羽翼震颤"，那么此时可以说它快要将自己撕扯成碎片了。它高声歌唱，仿佛以前从没有高声歌唱过一样。雌鸟也是一样，它咯咯叫着，冲过来冲过去。瞧它俩多忙啊！它们冲入巢内，短短一分钟不到，就把东蓝鸲的鸟蛋全扔出去了。它们新找来材料，在第三天到来之前，它们已经在旧时的落脚点安顿好了。但到了第三天，发生了戏剧性的一幕，东蓝鸲雌鸟带着它的新伴儿又出现了。唉！莺鹪鹩的物什就那么毁掉了！又一次，这些小小的胸脯中堆积了多少无奈和失望！真叫人心疼。这一次，它们不再像从前那样咒骂了，一两天之后，它们离开了园子，悲伤地沉默着，放弃了挣扎。

现在（八月二十日），我听见一窝羽翼接近丰满的幼鸟喊喊喳喳的叫声。这声音来自一只拟鹂的巢内，鸟巢挂在一棵苹果树的树枝上，离我写作的地方不远。早些时候，幼鸟的父母坚持不懈地想要在被一对东蓝鸲抢占的洞穴里重建家园。其实，这个好地方一开始的主人是只绒啄木鸟。绒啄木鸟在秋天到来之前挖好洞，躲在洞里过冬，我想它应该是一直躺在床上，早上九点以后才见它起床活动。春季来临，它去了别的地方，很可能带着伴儿，它们要找新的地

欧洲云杉
Norway spruce

方生活。东蓝鸲首先占了这个地方,在六月,它们的第一窝雏鸟也离了巢。莺鹪鹩一直在四周活动,盯着它们(这样的喜剧在任何地方都不难遇见)。见此情景,莺鹪鹩自然以为终于轮到自己了。于是在那之后过了一两天,我发现有干草出现在洞穴口。过了好一会儿,见到莺鹪鹩经过我身边,被一只东蓝鸲奋力追赶着,逃到一棵小欧洲云杉上,一道棕色的光影和一道蓝色的光影纠缠在一块儿,这时我才明白这是什么情况。原来,莺鹪鹩去清理鸟巢,正好撞上东蓝鸲回家发现自己的"床铺"被扔到洞外了,于是东蓝鸲采取了一种最激烈的方式,告诉莺鹪鹩它并不打算这么早腾出地方。一天又一天,转眼两个星期过去了,到了东蓝鸲不得不为这些入侵者清理地方的时候了。这项工作花了它不

莺鹪鹩
house wren

少时间,也花了我不少时间——我坐在旁边不远处的消暑房里,一边看书,一边嘲笑它这怒气冲冲、居心不良的举动。好几次,莺鹪鹩飞到我的椅子下,一道蓝光立马冲过来,几乎要击中我的脸了。有一天,我经过那棵苹果树,听见莺鹪鹩绝望的叫声。我转过身,看见那只四处流浪的莺鹪鹩掉落在草地上,愤怒的东蓝鸲压制着它。后者回来得正是时候,抓住了莺鹪鹩,显然想要好好地教训它一顿。然而,争吵之中莺鹪鹩逃脱了,躲进了常春树的枝叶中。东蓝鸲停下来,举着翅膀四处张望,然后飞走了。在六月,我不知道见到多少次莺鹪鹩拼命逃脱东蓝鸲的追赶，它常常冲进石头缝里，房屋地板下，还有杂草丛中，只要能隐蔽它畏缩的脑袋，哪儿都行。那只东蓝鸲呢，羽衣闪闪发亮，就像一位衣冠楚楚的警官在追逐一个诡计多端、跌跌撞撞的街头流浪儿。通常，小"逃犯"喜欢藏身的地方是那棵云杉，只要它躲进去，别人便没法再追了。雌莺鹪鹩藏在枝条中间，一边还咒骂着，显得很烦躁，雄莺鹪鹩则一边在树梢唱歌，一边还不忘观察对手的举动。它为什么非要在这种时候唱歌呢？表示它胜利了，在嘲笑对手，还是在用歌声鼓舞士气，从而保护它的伴侣呢？我一点儿也不明白。它的歌声突然停下时，我抬眼去看，发现它飞回树枝中间了，然后我的视线便又被盘旋着的、扑闪的蓝色翅膀吸引住了。莺鹪鹩终于放弃了，于是它们的敌人得以安心地哺育第二窝孩子。

Chapter 10
歌带鹀

歌带鹀
song sparrow

Chapter 10 歌带鹀

　　一八八一年的春天，我发现了第一个歌带鹀的巢。它在一片木板下，木板由两根柱子支起，离地面几英寸高。这只鸟所有的蛋都在这儿了，或许能孵出一窝雏鸟，但我不敢肯定，因为我没有继续观察下去。鸟巢有着完美的掩护，不会轻易被鸟儿的天敌比如蝮蛇和鼬鼠发现。可是，掩护手段往往不一定有效。在五月，有一只早先遭遇过不幸的歌带鹀，最后将巢建在了我的住所旁，一丛浓密的忍冬中，离地大约十五英尺。这一招很可能是跟它的亲戚——家麻雀学的。鸟巢的位置极妙，上方的屋檐使它免受暴雨侵袭，重叠的树叶则挡住了所有觊觎的目光。就连我，也是在这只疑心颇重的鸟儿衔着食物、踱到附近时，始终耐心地观察，才发现了它的行踪。我一直以为巢里的鸟蛋应该是非常安全的，可是我错了，一夜之间，鸟巢便被洗劫一空。可能是只猫头鹰或老鼠爬进了藤蔓，发现了小窝的入口。对于这场灾祸，鸟妈妈花了一周时间痛定思痛，最终它似乎决定改换一种策略，将所有掩护措施都丢开。它在几码以外一个靠近道路的地方重建了家园。那是一片平滑的草坪，上面没有一处杂草、灌木，或其他任何遮挡或"出卖"鸟巢的东西。在我发现这地方之前，新家已经筑好，雌鸟也已经开始孵蛋了。"唉，好吧，"我低头看，鸟儿几乎挨着我的脚了，"这岂不是又走向另一个极端了嘛，这下猫儿一定会捉住你！"绝望的小鸟坐在那儿，日子一天天过去，它就像一片褐色的叶子，跌进了矮矮的草丛中。随着天气变热，这地方渐渐待不住了。这时候，保暖已不成问题，现在的问题在于别让鸟蛋被烤熟了。太阳毫不留情地炙烤着鸟妈妈，正午的时候它甚至粗粗地喘起气来了。通常在这种紧急的时刻，雄鸟会栖到雌鸟上方，展开翅膀为伴侣遮阴，但这儿没有可供雄鸟栖息的高枝。我很想施以援手，于是便在鸟巢旁边放了根枝叶浓密的枝条来遮挡阳光。然而，我的这一举动似乎并不明智，因为这很快给鸟儿招来了噩运：鸟巢遭到了毁坏，雌鸟十有八九被捉住了，因为从此以后我再也没见到过它。

有一天，我正坐着看书，在离我不远的地方上演了一出悲剧。两只歌带鹀为了保卫巢穴，在同一条大黑蛇对峙。一只小鸡偶然经过，发出了好奇的、疑惑的叫声，这声音使我不禁抬头望了望，看到了这一幕。我看见歌带鹀张着翅膀，非常惊慌，在低矮的草木灌丛中上下扑腾着。我走近去观察，发现黑蛇周身闪闪发光，蛇头快速摆动，想要捉住鸟儿。鸟儿猛冲过草丛，想逼退黑蛇。两只鸟儿都大张尾翼，因为炎热的天气和无望的挣扎喘着气，呈现出一番最奇特的景象。它们一声儿也不出，是的，没有一点儿声音，它们只是默默地，恐惧不已。然而，鸟儿不曾一刻放下双翅，光是它们高举翅膀的举动，都让我永远无法忘记。

家麻雀
house sparrow

而在下一刻我突然意识到，对于蛇来说这或许算是一次偷袭未遂，于是我躲在篱笆后面继续观察。鸟儿从不同的方向向蛇发起进攻，但显然它们已经不再拥有那般保卫家园的勇气了。我看到黑蛇时不时用头颈扫掠，其中一只鸟向后退，另一只则从后方再次进攻。这样做有点儿危险，因为黑蛇可能会攫住其中一只。我紧张得开始发抖，但鸟儿们是那样勇猛，离蛇头那样近。大黑蛇一次次扑向鸟儿，却始终没能成功。可怜的小东西喘着气，哀哀地扑棱着翅膀！待大黑蛇游到靠近篱笆的地方时，我朝它扔了块石头，鸟儿堪堪逃脱了。一切都结束之后，我发现鸟巢又已经空空如也，而且支离破碎了，不知道鸟蛋或幼鸟有没有保住。我不禁感到非常自责，因为雄鸟这些日子一直唱歌给我听，让我开心，然而在它们受到敌人的威胁时，我却没能在第一时间赶来相救。人们常说，蛇会用惊吓来催眠鸟儿，然后再吃掉，看来一点儿也不可信。黑蛇是所有蛇类中最不易察觉、最有警惕心也最残忍的，但就我所见，它可只对雏鸟和孤立无援的鸟儿下手呢！

  一直以来都选择地面筑巢的鸟儿，或者祖辈都在地面筑巢的鸟儿，突然要改到树上去，这种尝试可够危险的。因为，这两个地方的情况可以说有天壤之别。我的一位邻居，一只小歌带鹀，在刚过去的季节便得到了这个教训。那时，它渐渐变得雄心勃勃，丢掉家族的传统，竟将巢建在树上。它挑的这个好地方，是由欧洲云杉的两株平行生长的树枝交叉构成的一个悬挂式"摇篮"。枝杈几乎水平地伸展开，实际上稍低的那些枝丫在春季的确是水平的，它旁边的幼芽则垂挂着，形成小型的山脊斜坡，两处斜坡交汇处则是一个山谷，看上去要比实际的稳固。我的小鸟儿便挑了这样一个山谷，离地面足有六英尺高，紧靠房屋的外墙。它想着："我要在这儿筑巢，在这个迷你的挪威王国度[①]过炎热的六月。这棵树就像是一座

[①] 欧洲云杉，又称挪威云杉。这里的挪威王国就是指的欧洲云杉。

长满冷杉的'山',我为自己选中了这个'山谷'。"它衔来大量干草和麦秆,像在地面一样搭好巢基。在这堆草料上面,渐渐显现出鸟巢结构精巧的雏形,然后不断压紧、完善,直到最后才垒上那层精细的毛发和线头。小鸟儿多么狡黠,时时刻刻守着她的小窝,唯恐你发现了她的秘密!五只鸟蛋产下,早早地开始孵化,然而狂风暴雨却在这时来临了。"摇篮"结结实实地摇摆了一回,树枝倒是没有被吹断,可是摇啊摇,交叉的地方都散开了——就像两只交扣在一块儿的手倏忽分开一样。小小的"山谷"失去平衡,鸟巢随即倾斜,巢里的一切都跌落下去了。这景象比起大地震中的小村庄,有过之无不及。

本就不该有鸟儿在这种地方筑巢啊!倒是有鸟儿在枝头建巢,比如拟鹂,可是它们把巢拴得很紧;其他鸟儿,比如旅鸫,也在树枝主干上筑巢;还有些鸟儿选择很安全的分杈点。可是歌带鹀呢,粗心地选择了两根枝条的交接处,一旦暴风雨袭来,枝条打开,鸟巢便会在顷刻间覆没。

还有一只小小的短尾歌带鹀,它把巢筑在农场厨房门口的一堆干枯的灌丛里。这个农场位于卡茨基尔区北部的边缘地带,当时我正在这个地方消夏。那时已是七月底,显然它在不久前应该已经孵过一窝幼鸟了,因为它的样子显得疲惫不堪。而且我发现,每天它都衔着麦秆和干草,繁忙地穿梭在农场的主屋和牛奶房之间的篱笆和椴梓中。如果只是偶尔瞧上一眼,会发现它似乎是漫无目的的,搬着麦秆这儿那儿地跑,仿佛只是自娱自乐而已。但当我仔细地观察,想找出它的巢时,它却显得非常防备,故意做出许多假动作,想要甩掉我。我可不会轻易上当,不久我就发现了它的秘密根据地。在这期间雄鸟一点儿没帮忙,整天只是在房子另一侧的苹果树或篱笆上唱歌。

通常而言,歌带鹀都在地面筑巢,但我的这位小邻居却非要在一英尺高的地方安家。瞧瞧它都捡了多少麦秆、树枝回来!一开始,它看起来多么粗心、多么漫不经心啊,仿佛那是一堆垃圾,扔在一团乱糟糟的枯枝上边。可是现在呢,这堆东西不断改进,已经初具形状了!直到粗糙的麦秆和树枝之上,出现了极为精致的、毛发般的线条编织而成的杯状巢体。这项工程真是令人叹为观止!

榅桲
quince

皱叶酸模
curly dock

完工后的小家以一根坚挺的麦秆作为标识,不过精巧的小巢隐蔽在更远的地方,盛着雌鸟所有的、布满斑点的鸟蛋。鸟巢的上方有一片宽大的、垂着的皱叶酸模叶子,完美地掩盖着它,既能遮光又能挡雨,还能将它隐蔽起来,不让上边那些好奇的目光发现——比如总在墙头偷偷摸摸张望的猫儿。可是,叶子在鸟蛋还没孵化之前就枯萎了,落在了鸟巢上面。鸟妈妈设法钻到叶子下边,像先前一样继续孵蛋。

于是,我做了假的树枝和叶子,盖在鸟巢上面作为掩护,直到它们孵好蛋离开。这只短尾歌带鹀,它的筑巢艺术和它的"秘密",以及雄鸟的歌声,只是生活中泛起的一丝涟漪,但是却给那段日子和那个地方注入了什么,让我感到自己绝不愿错过这段时光。

Chapter 11
烟囱雨燕

烟囱雨燕
chimney swift

有一天，一群蜜蜂飞进我家烟囱，我的视线越过它们，发现了它们进入的烟囱。我伸长脖子，直到没入充满烟灰的通气孔，此间一直环绕着蜜蜂的嗡嗡声。在黑暗的通道内，首先映入我眼帘的是一对长长的、洁白的"珍珠"，卧在一小块木板上的树枝中，那是烟囱雨燕的巢。蜜蜂、烟灰和鸟蛋紧挨在一起。这群蜜蜂尽管选择了一座没有使用的烟囱，但是不久就发现烟囱上方盘绕着大量无烟煤燃烧的气体，它们实在受不了，便离开了。雨燕却没有被煤烟熏走，它们似乎完全抛弃了以前筑巢的地点，比如中空的树干或树桩，它们经常光顾的地方只有烟囱而已。鸟儿不知疲倦，永不停息，一整天都在挥动翅膀，兴许它能在一天一夜的时间里飞上一千英里。在飞行途中，它们甚至不会特意停下来搜集筑巢材料，经过什么树木，就从树梢上折下一小节枯枝带走。要是把一只雨燕关在房间里，它也不会停下，而是不停地飞。等它感到疑惑，变得疲惫不堪时，它会攀在墙壁上休息，直到死掉。有一次，我有好几天不在家，等我回来时，发现有一只雨燕在房间里，已经奄奄一息了。我将它从墙上取下时，它的脚盘在我的手指上，眼睛闭着，看上去似乎快要和它那些死在地板上的同伴一样了。我把它扔进风里，奇迹般地，它似乎被飞翔的冲动唤醒了，径直冲向云霄。凭借一双翅膀，雨燕如同运动员一样冲刺。这种鸟儿的羽毛并不出众，

家蝇及其幼虫
housefly

速度又快，再加上长期进化，因此飞起来显得僵直、硬实。它的翅膀似乎只有一处关节，与身体相连接，双翼的运动相当机械，仿佛一块铁板伸出的两块镰刀片。它能飞起来，靠的是修长的、进化良好的主翎和娇小的次翎，一对翅膀似乎只在腕骨处咬合。家燕的窝粗糙，却也用羽毛垫底，但雨燕直接用树枝，它用一种"自制"黏液将枝条黏合，那粘力比起斯波尔丁牌的胶水毫不逊色。

我的小木屋"斯拉布赛德"有一个大烟囱，自然引来了烟囱雨燕。我夏天根本用不着烟囱，有两对雨燕便在里面住下了，于是我们日夜都能听见鸟儿翅膀沉闷的扑动声。夜里，一窝幼鸟羽翼几近丰满了，鸟巢跌下来，落入壁炉里。瞬间，好一阵喧闹嘈杂，喊喊喳喳！我跟狗谁也睡不着了。它们像在合唱一般，每隔半分钟停顿一次，仿佛有人在指挥。此刻，它们正以最高音尖叫着，突然，沉入一阵死寂。然后，又是喧闹，随后又是突然的沉默。它们一定一起练习了很久，不然不可能这么成功。我还从来没见过有鸟儿叫得这么准时的。过了一会儿，我便起了床，把鸟巢放回原处，用报纸堵住烟囱的通道。第二天，鸟儿的父亲抑或母亲带着食物回来了，飞进烟囱里，但它力气太大，以至于穿透报纸，掉进壁炉里了。我捉住它，发现它的喉中装满了食物，那样子就像花栗鼠塞满玉米的腮帮子，或是小男孩装满板栗的口袋。我掰开它的嘴巴，一团豆子大小的昆虫肉喷了出来。这些肉大都浸软了，除了两只家蝇还活着，它们只是被囚禁住了。家蝇伸展身子，在我的手掌上走动，再一次呼吸新鲜空气。直到两小时后，这只雨燕才再次带着食物大胆飞进烟囱。

这种鸟是不会栖息的，更别说并排坐在建筑物或地上。它们整天都在飞行，风雨无阻。在我的记忆中总有一幅振奋人心的画面：三只雨燕在某一天下午遇上了大暴雨。那天飓风狂作，乌云翻涌，西天一派波涛翻腾，预示着极恶劣的天气。雷声滚滚，响彻天际，硕大的雨滴开始下落。我抬起头，望见高空中的三只雨燕，朝着暴风雨那可怕的獠牙慢慢地行进。它们不疾不徐，镇定自若。没错儿，它们停泊在空中，直到那阵狂风暴雨最终消退。我从没听说过别的鸟也以这样的方式战胜暴风雨！

雨燕还是选择以前惯用的筑巢材料，从树梢上折下一小段儿枯枝，把它们粘在一块儿，然后用自己的黏液将它们贴在烟囱壁上。烟灰对它来说是个新麻烦，看上去它暂时还没学会怎么解决，因为雨水经常浸松连接的地方，于是鸟巢便掉落下来。假如你把头伸过去，挡住烟囱口的光线，雨燕很有办法把你吓走。每当这时，它就会离开鸟巢，攀上烟囱内壁，慢慢抬起翅膀，然后突然弹起来，再退回去，尽可能弄出如鼓声般响亮的声音。要是你没被吓走，还在那儿晃悠，它就静静地盯着你。

这真是一只空中精灵！据我所知，它绝不踏上地面，绝不吃地上的食物。普通燕子不时停下，降落到地上寻找筑巢材料，但雨燕不会这样。它用翅膀收集筑巢的树枝，它迅速扫过一个地点，就像旋转木马上的孩子试图伸手抓住铁圈，或表演其他才艺一样。如果它错过了树枝，或者没能折下来，便会一次又一次地尝试，划出更大的圈，好像在训练她的坐骑一般，要让坐骑下一次更准确地命中目标。

尽管雨燕的飞行姿势僵硬，翅膀只有一个关节，但它却独独以喜爱嬉戏、臂力惊人而著称，这是其他鸟儿比不上的。喂食、收集树枝这些事儿反倒像是它玩闹之余的副业。无论在春天还是秋天，我都曾不止一次见到一大群雨燕在傍晚聚集起来，躲进弃用的大烟囱里。在这些时候，它们好像是聚在一块儿庆祝什么飞行节之类的东西。仿佛要在夜晚来临之前用尽它们那精力过剩的翅膀的最后一丝力气，它们在烟囱上空飞了一圈又一圈。黑压压一群雨燕，一会儿飞过来，一会儿飞过去，它们个个精神高涨，一边飞行一边歌唱。其他队伍的成员从四面八方冲过来加入，于是燕群不断壮大。雨燕似乎从空气中突然浮现，喊喊喳喳地叫着，旋转画圈。这种队形变换和飞行庆祝持续了一个多小时。所有区县的鸟儿们一定都来了，或者说半个州的鸟儿都在这儿了。它们一整天都在空中，此刻仍然像风一样不知疲倦，仿佛它们的精力永远用不完。

有一年秋天，它们同样聚在一起，在旁边城市的一个大烟囱里过夜，于是这样的现象持续了整整一个半月。为了这个我去了城里好几次，那景象着实壮观！我估计来了有一万只雨燕，它们铺满了一方天空，就像一大群黑蜂似的，只不过传入我耳朵的不是嗡嗡声，而是鸟儿的啼啭。人们聚集在人行道上观看。这种马戏表演可不多见，而且完全免费。在数度虚晃、玩闹之后，厚厚的鸟群盘旋在烟囱入口的上方，然后就像被什么力量吸住，统统倒进了入口。整个鸟群全部进去大约花了几秒钟，随后，就像还没玩够似的，它们又升起来，继续鸣叫、画圈。一两分钟后，整个过程会再重复一次，好像烟囱要一口一口地"咽"下它们，以免呛着似的。通常在半小时之后，所有鸟儿才都沉入烟囱，不再出来。它们进入烟囱时总显得有点儿羞怯，有点儿犹豫不决，同它们去枯树上摘树枝时一样。我常常见到鸟儿在烟囱入口迟疑着，然后才进去，仿佛刚才它们的角度不对。有一次，有只鸟儿落单了，它试了好几次才下定决心跟着下去。在阴雨天气，鸟儿们下午很早就开始排列队形，在四五点钟之前就都进入烟囱了。

Chapter 12
橙顶灶莺

每个在林子里闲荡的人都知道这种鸟。它很漂亮,胸部有斑点,背部羽毛呈橄榄绿。它一路沿着干枯的落叶往前走,姿势活像一只小型家禽。绝大多数鸟儿脖子都是僵直的,比如旅鸫,它们在地面上奔跑、跳跃的时候,脑袋和身子仿佛固定在一块儿了。可橙顶灶莺不是这样,和它一样的还有牛鹂、山齿鹑和短嘴鸦。这类鸟儿在迈开脚时,头也跟着一起动。橙顶灶莺落在离地面几英尺高的一截树枝上,发出尖厉的、反复的鸣叫,好像在说"普瑞契儿,普瑞契儿,普瑞契儿",又像是"提契儿,提契儿,提契儿",叫声越来越响亮,每回大概重复个六七次,大多数人都听到过。但是,它在树梢上的歌声豪放、清脆,充满喜悦,这种声音就不大为人所知了。最初,这位歌手的歌声单调、乏味,缺少旋律,突然间,它却变成了一位饱含力量的游吟诗人,这真叫人惊讶!这只鸟儿经历了完整的转型期。一般情况下,这是一种非常安静、矜持的鸟类,当它从落叶丛中走过时,像只母鸡一样摆着头。然后,它跳上空中的树枝,就开始发出那种尖利、枯燥的声音,根本谈不上一丝乐感。自然,这样的鸟儿到处都有。但等着吧,等到飞翔之歌的灵感降临到它身上,它就仿佛突然换了个人似的!它飞过重重枝叶,从一根枝条上跳到另外一根上,速度越来越快,直到它从树梢飞向五十多英尺的空中,就突然爆发出急促、清晰、旋律美妙的歌声,

角百灵
horned lark

和它平常的声音简直有着天壤之别。那歌声短而有力,抑扬起伏,如同音乐一般。在这演唱达到高潮的时候,鸟儿也飞到最高点,此后鸟儿紧闭翅膀,像百灵一样,几乎垂直地落下来。假如歌声再久一些,那么当真要胜过著名的歌唱家——云雀了。在六月初,橙顶灶莺每天要这样做好几次,不过一般都在傍晚时分。

在这时节,林子里的地面上有只鸟窝,里面有四只奶白色的蛋,带着褐色和浅紫色斑点。谁要是运气好发现了它,一定会觉得格外高兴。看上去那是地鹀(ground sparrow)①的巢,上方还有个屋顶或顶篷样的东西。橙顶灶莺从你的脚边出发,默默地迅速跑过落叶,然后转过身,用斑点胸对着你,看你是不是跟上去了。它姿态优雅,可以说是森林里最优雅的了。不过,它要是认为你发现了它

① 在地面筑巢的鹀科鸟的统称,其中包括歌带鹀、稀树草鹀、稀树草鹀等。

的巢穴,就会假装自己的翅膀和腿瘸了,不能走也不能飞,骗你去抓它。这就是橙顶灶莺。上一次我找到它的窝,还是在寻找粉色的杓兰时发现的。我们突然看到路边不远的地方有几丛花儿,便走过去欣赏。这时,鸟儿突然从旁边跳了出来,它一定以为我们是在观察它,而不是它上方那些随风摇动的玫瑰色花朵。我情愿自己没看到它,那它还可以安心地守着自己的家。可是,它又在落叶和松针中找到一个地方,偷偷地搬到那里去了。落叶和松针为它提供了新的屏障,夏天多雨,落叶和松针便能把雨水引到别的地方去。

山齿鹑
northern bobwhite

Chapter 13

灰嘲鸫

灰嘲鸫
gray catbird

要让自己把唱歌的那只灰嘲鸫称为"他"，着实有些难，因为这种鸟的神态、声调都带有典型的女性特征。然而不容争辩，只有雄灰嘲鸫才唱歌。有时，我根本搞不清楚它是逗我开心更多呢，还是惹我厌烦更多。或许是因为，它本来没什么特别，却在鸟儿的合唱中显得格外不协调。你想听听其他鸟儿唱歌，它的叫声却飙到最高，拉得最长，完全淹没了其他声音。你静静地坐下来观察你的宠儿或者新来的鸟，它却突然来了好奇心，而且表现得毫无节制，你会发现自己处于它的监视之下，还得忍受它的讥笑。尽管如此，我却不愿略过它，只是稍稍给它降格，让它别那么显眼。

　　灰嘲鸫是森林中的打油诗人，它的诗好像总有言外之意，永远是那么搞怪、诙谐，带些讽刺，仿佛它在故意嘲弄那些它嫉妒的鸟儿，要让它们心神不宁。尽管它雄心勃勃，而且常常私下练习、排演，但它似乎只是用音乐来赶时髦，或是防止被旅鸫和别的什么鸫鸟打败，所以它是林中所有诗人之中显得最不真诚的那个。换句话说，它唱歌是出于外部刺激，而不是因为自己喜欢。它算是个不错的打油诗人，却绝对算不上伟大的诗人。它的诗歌充满活力，读诗的语速很快，可以坚持很久，不甚讲究技巧，没有高潮，也没有停顿。它表演起来就像梭罗笔下的那只松鼠，似乎面对着观众一样。

灰桤木
grey alder

香叶蔷薇
sweetbriar rose

  它的歌声总归是有调子的,而且颇有品位,如同一位优雅的淑女,话语间总是那样快活,让观众不得不表示尊重。同时,它还有着强烈的"父性",用枯枝干草搭起简陋的巢穴,这集中体现了它泛滥的父爱。没过多久,有一次我在林中散步,立刻注意到这一小块沼泽,这儿生长着浓密的香叶蔷薇、黑莓和四季常青的菝葜。从沼泽深处传来响亮的鸣叫声,显得悲伤,又充满警觉,这意味着我们这位身着黑衣的游吟诗人遇上了危险。我想拨开一个入口,但这并不容易。于是我拉下帽子,把衣服放下来,尽量减少直接接触荆棘的面积,才终于找到一个入口。假如我这时站在沼泽地外往这边看,就会发现自己处境尴尬,却又着实可笑。鸟巢就在离我三四码远的地方,在它下方栖息着一条硕大的黑蛇,缠绕在植物上。一只几乎羽翼丰满的小鸟正逐渐消失在它的血盆大口之中。不过,黑蛇似乎没有意识到我的存在,我静悄悄地观察事情如何发展。我看见黑蛇灵活的嘴巴缓慢地吞下小鸟,它的头扁而平,脖子肿胀而扭曲,发出精光的蛇身扭动了两三下,鸟儿就被它完全吞下去了。随后,它警惕地抬起身体，一边吐着蛇信子，一边盘上鸟巢，小心翼翼地慢慢侵入巢内。一窝鸟儿毫无心理准备，突然看见最可怕的敌人的那副嘴脸出现在自家门口——我想不到比这更糟糕的事儿了！这绝对足以让鸟儿心惊胆战。黑蛇没有在那里发现想要的目标，于是游到稍低一些的树干上，试图换一个方向继续搜寻。它偷偷滑过树枝间，一心一意地追捕鸟儿的父母。黑蛇没有脚，也没有翅膀，却轻轻松松地游出很远，很快便进入鸟儿和松鼠的腹地。它时而抬起身，时而又伏下去，终于走出重重叠叠的枝叶，以惊人的速度穿过了盘根错节的长长的灌木丛。此情此景可能会让人想起那个著名的传说——恶魔黑蛇和"人类罪恶的根源"（即亚当和夏娃受蛇的引诱而偷吃禁果），而且让人不禁猜疑，这个强大的敌人是不是在耍什么花招？无论我们叫它蛇，抑或魔鬼，都改变不了什么。不过我倒是可以欣赏欣赏它那可怖的美丽外表：黝黑、闪光的褶皱，灵活、平滑的动作，头部挺直，眼睛射出精光，舌头像一团跳动的火焰，还有令它仿佛飞行一般位移的隐秘工具。

灰嘲鸫
gray catbird

与此同时，鸟儿的父母不间断地发出最痛苦的鸣叫，不时还对追捕者愤怒地扑打翅膀，实际上它们用嘴和利爪已经抓住了蛇的尾巴。受此攻击，黑蛇突然叠起身体，向后游去。它采取这种策略，一开始看上去像是要控制它的猎物，把雌鸟缠绕住。但事情并没有这样发展下去，它的下颌还没靠近它垂涎已久的猎物，鸟儿就挣脱开来，当然鸟儿有点晕厥，还嘤嘤哭叫着，退到一株高枝上。黑蛇引以为傲的迷惑手段失败了，不过假如它的猎物是只柔弱一点的、没那么好斗的鸟儿，它是有可能得逞的。很快，它从一棵倒伏的桤木下方游过，我的胳膊只轻轻动了一下，这引起了它的注意。它盯着我看了片刻，以那种俯视的、几乎毫无波澜的眼神盯着我。我坚信这是蛇和魔鬼才会有的眼神。然后，它迅速转身了，就像那种爬到自己身上的表演一样，然后游进树枝之间了。它无疑认出来了，我是它在远古时期曾经狡猾地毁灭过的那个物种的一员。一会儿后，它漫不经心地躺在一棵散发恶臭的桤木的树梢上，尽可能地让自己那柔软发光的身体看上去像一根弯曲的树枝。这时，一股远古时期残留的复仇冲动指引我向它发动袭击。我利用自己的优势，和一个瞄准的"导弹"——一颗石头，令它蜷缩着、翻滚着掉到地上。完成了这一切之后，我也差不多平复了情绪，这时一只刚刚丧失亲人的、半大的鸟儿从藏身处跑出来，跳到一株枯枝上，开始用力地鸣唱。毫无疑问，它在歌唱它的家族在这场战争中获得的胜利。

Chapter 14
刺歌雀

刺歌雀在文学作品中始终占有一席之地。不止威廉·柯伦·布莱恩特一位诗人曾经给这种鸟儿戴上桂冠,华盛顿·欧文[①]居住在他的阳光寓所时,也曾花了不少工夫在刺歌雀身上。我敢肯定,这是唯一一种嘲鸫无法模仿其歌声的鸟儿。刺歌雀是鸟儿中最骄傲的,但也同其他鸟儿一样,总是很高兴、很活泼,它的歌声总是透着自得和快乐。刺歌雀是一位花花公子,和我知道的其他这类鸟儿不同,刺歌雀雄鸟敢于坚持不懈地冲向路过的每一只雌鸟——哪怕此时早已不在求偶期了,所有鸟儿早就找好了伙伴。假如雌鸟允许它狂热地追赶自己,它便会轻轻兜转,猛地爆发出歌声,仿佛它是在快乐而满足地大笑:"哈!哈!哈!我亲爱的银西姆波小姐,西姆波,西姆波,如果我伤透了草原里每个姑娘的心,我就要找乐子!瞧吧,瞧吧,瞧吧!"

在哺育期到来之时,刺歌雀的体型、羽毛的颜色和飞翔的姿态,都会发生翻天覆地的变化。原本褐斑或棕斑的羽毛,会转变成黑色和白色的混合色,因此在某些地方它竟然被人叫作"臭鼬鸟"。它那小小的、紧致的体型变得宽阔、很惹人注意;原来飞起来没什么

① 华盛顿·欧文,19世纪美国最著名的作家之一,被称为"美国文学之父"。

靛彩鹀
indigo bunting

特别的，现在它竟改成了小碎步快走，似乎只摆动了翅尖，非常可爱。在这个季节，它在雌鸟面前完全不同于往日，无论是羽毛颜色还是仪态，都显得非常惹眼。此时的雄鸟积极主动，很是好笑，相比之下，雌鸟却很害羞，不爱和人交往。事实上，雌鸟看上去相当严肃，似乎不愿理会任何好玩的事儿。只要雄鸟走过来，它便快速走开，显然，即便雄鸟更漂亮了，说话也更讨喜欢了，它也只会感到厌烦。雄鸟如此盛装打扮，发出像铜钹一样悦耳的声音，竟然会受到如此冷遇，这不能不让人感到惊讶。

在我了解的所有鸟儿当中，再也没有比刺歌雀更有自我意识、更虚荣的了。它就像飞禽界的鸡冠花。所有鸟儿，无论玫红丽唐纳雀、黄鸟（yellowbird[①]）、靛彩鹀、拟鹂、主红雀，或是什么其他鸟

① 一般指的是北美黄林莺，在这里则指美洲金翅雀（American goldfinch）。

主红雀
northern cardinal

类，都有漂亮的羽衣、悦耳的歌声，但都不像刺歌雀这样在意自己，更不会在有人观察时，便拼命展示自己的歌喉，或者扭动身姿。

不过，要是生而为鸟，我大概会学刺歌雀那样，选择把家安在一片宽敞的草地中间，草地上要没有嫩芽、花朵，或其他任何引人注意的东西。我觉得比起其他筑巢的鸟类，刺歌雀更容易避开危险，因为其他鸟儿几乎不会选择这种地方。唯一的危险，就是割草机早于它预想的时间，比如在七月一日之前就出来施工了，又或者是一只臭鼬从草地拱过去，不过这种情况可不多见。可以说，它的选择应该是所有露天巢穴中最安全的一种了。它尽自己所能找出最无聊、最普通的地方，往往是雏菊、梯牧草或者车轴草的花丛，它的小窝便放置其中。不需要任何额外的掩护，就只用这片宽阔来隐藏她小小的家，正如沙漠之中的一颗鹅卵石，巨大掩盖了渺小。如果你恰好经过那儿，你可能会发现鸟巢；眼睛够尖的话，甚至还能捕捉到那安静的褐色的身影，直到它迅速逃开。但也就这么一次机会，你紧追两三步，如果方向又不对，那么再怎么找也会一无所获。有一次，我和朋友无意间发现了一个鸟巢，仅仅一分钟过后，就再也找不着它

雏菊
common daisy

红车轴草
red clover

田野毛茛
corn buttercup

飞 蓬
bitter fleabane

了。当时,我走到几码以外去确认雌鸟,嘱咐我的朋友千万别动。然而等我回来,它竟然挪了两步(他是这么说的,但是实际上应该不止),之后我们花了半小时在雏菊和毛茛中弓着身子找寻。可是绝望慢慢袭来,我们几乎用手去扒泥土了,却仍然毫无发现。我用灌木做了个记号,第二天又去了。以灌木为中心,我慢慢扩大搜索圈,我相信我走遍了每一寸土地,使用了我能借助的一切手段,最终我精疲力竭,才终于放弃了,同时感到困惑不已。我甚至开始怀疑那对鸟儿能不能找到自己的巢,于是我便躲起来观察。好一会儿之后,雄鸟嘴里叼着食物出现了,它很开心,因为此时没人抓它了。最后,它落在我之前踩过的草丛里。我的视线紧盯着那处特别的加拿大百合,然后径直走过去,弯下腰,久久地、专心地观察草丛。终于,我从草地里区分出鸟巢和幼鸟了。之前,我错过了这块地方,此时,我又差点儿没分辨出鸟儿来。这和距离没有关系,就是认不出来。它们真像隐身了似的。草叶和茬儿呈深灰和黄褐色,跟半大的雏鸟一个颜色。不仅如此,小鸟紧紧依靠着鸟巢,几乎与之融为一体了,因此尽管它们有五只之多,却仿佛一个完整的物件儿,你看不出它们任何一个的脑袋或身子。它们是一个,一个没有形状、没有颜色的个体,如果不仔细观察,根本分不出来它们和草地。正如一般刺歌雀的巢一样,这个鸟巢也不断壮大。尽管"南方运动员"捕猎公司在鸟儿秋季迁徙期间大开杀戒,这儿的刺歌雀却得以保有完卵。在这片北方大草原上,它的歌声永不停息。

刺歌雀
bobolink

刺歌雀颂

雏菊、车轴草和毛茛,
红顶草①、三叶草、绣线菊, ①即巨序剪股颖。
欢乐的羽翼,呼啸着飞升,
然后又滑入茂密的草地。
阳光、欢笑、疯狂的渴望,
五月、六月、晴朗的天空,
狂野的情绪由爱赋予——
快乐的鸟儿歌唱、飞翔。
草地、果园,奔腾的水花,
灯心草、百合和麦浪,
日子尽是歌声和欢笑,
谱出一首毛茸茸的回旋曲。

粉花、金花,白色的飞蓬,
露珠、雨珠,清爽的阴凉,
咕噜噜的喉声,在空中盘旋,
心中从未如此欢畅。

Chapter 15

棕林鸫

在鸫科鸟中，棕林鸫是最漂亮的。它举止高贵优雅，没有人能及得上。它的歌声是多么轻柔、纯正，动作和姿态是多么悠闲、潇洒，简直无与伦比！棕林鸫的一言一行都显现出一种诗人气质，它的举止仪态称得上一场视觉盛宴。哪怕是最普通的动作，比如扑抓甲虫，或在稀泥里刨虫子，都仿佛充满了智慧和意趣，令人享受。难道它竟是古时的王子，尽管时代迁移仍旧保留着王室风度？瞧它的体型是多么匀称啊！羽毛的颜色是那么平实而丰富——背部是明亮的黄褐色，胸部是清晰的白色，点缀着心形的黑点儿！我要说旅鸫聒噪、爱表现，可能会遭到反对；但旅鸫总是慌张地跑开，或者气愤地鸣叫着飞到枝头，疑心地掸着翅膀，举止很是粗俗。嘲鸫，或者说是褐弯嘴嘲鸫，则像罪犯一样鬼鬼祟祟地活动，藏身在厚厚的桤木枝叶中。灰嘲鸫常卖弄风情，也有点儿像爱打听的妇女。东唧鹀则像个侦探一样老盯着人看，显现出十足的敌意。诸如此类毫无教养的特点，棕林鸫一个也没有。它待我以信任，再不济，也是高贵地回避我。假如我保持安静，抑制住自己的好奇心，它甚至还会朝我跳过来，似乎在向我致意，又或者想跟我认识认识。我曾经路过它的窝，从它一家老小下方几英尺的地方走过。而它坐在附近一根树枝上，敏锐地观察我，却没有张嘴。不过当我举起手向毫无防备的鸟窝伸过去时，它无疑震怒了，样子却并不难看。

它有着多么高贵的自尊呀！十月底，雌鸟和雏鸟都去南方过冬了，我连续几天发现门前茂密的丛林中有一只棕林鸫。它无声地飞来飞去，庄严而沉默，仿佛它违背了荣誉规范之类的东西，正在为此苦修呢。我轻手轻脚地、迂回地靠近它，最后发现它的尾部有一部分羽毛还未长全。我们的森林王子怎么能以这副样子回到宫廷呢？所以，它便只能与秋日的落叶、冷雨相伴，耐心地熬过这段时间。

棕林鸫有个奇怪的习惯，那就是得用碎纸片奠定鸟巢的基础，报纸或者其他什么纸都行。我想除非是在偏远的森林，否则它们一定会坚持这个做法吧。去年春天，棕林鸫恰好选择在我坐着的地方旁边的一棵树上安家。雌鸟衔来一张手掌大小的纸片，放在树枝上，在上面站了一会儿，然后飞到地上。可是一阵风刮过，纸片立马就被吹走了。它看着纸片慢慢打着旋儿落到地面，就捉住它，再回到树上。像之前一样放好之后，它又在上面站了一会儿才飞走。然而纸片再一次掉落到地上，于是鸟儿只好再去抓它，这一次是猛拽，我猜它有点

褐弯嘴嘲鸫
brown thrasher

刺槐
black locust

黄胸大鹂莺
yellow-breasted chat

儿气急败坏。它将纸片翻来覆去好几次，然后回到树上，不断改变纸片的位置，仿佛是想让巢更牢固些。这一次，它坐得久一点儿，然后才飞走，毫无疑问，它脑子里想的都是要带回一些东西压住纸片。可是几秒钟之后，顽固的纸片又跟着飞走了。鸟儿捉住纸片，更加粗暴地对待纸片了。它飞回鸟巢的过程中，纸片似乎碍着它飞行了，于是它不得不先返回地面。不过，它的脾气控制得相当好。它将纸片翻面，在鸟喙中调整了好几次，直到终于满意才飞回树上。可它没在树枝上停下，而是试了六次之多，不过那时我被叫走了，就没再看了。我猜它最终还是放弃了那张不安分的纸片，可能那是张有字的软乎的废纸，因为后来我再去查看鸟巢，发现里面并没有纸片。

　　鸟儿的生活重心全都在鸟窝上！就拿棕林鸫来说吧，如果它的家族不断壮大，那么它也会越来越快乐。雄鸟会唱着欢乐的歌儿，而且这幸福感与日俱增。它会在附近飞来飞去，想让所有人都听到它有多么自豪、多么高兴。不过它这幸福的告白，却是那么甜蜜，显得很有教养！然而，要是意外降临到这个美好的家庭，它便会突然沉默下来。去年夏天，一对棕林鸫在我家附近筑巢，完工之后，雌鸟开始孵化四只鸟蛋，雄鸟则高声歌唱。变化多样的曲调倾泻而出，他不只是在鸟巢附近鸣唱，不过我总能听到这歌声罢了。每天早上，清晨到来之际——大约五六点钟，音乐就会从伸到房顶的刺槐树梢上传来，能持续半小时之久。我就像期待早餐一样期待它的身影，而它也没让我失望过。直到有一天，我感觉仿佛丢了什么。是什么呢？噢，这天棕林鸫没有唱歌。一定出什么事了，我想起昨天我在离鸟巢不远的树林里见到了一只红松鼠，那么鸟巢可能凶多吉少。来到鸟窝那儿，我发现自己担心的事情真的发生了，鸟蛋全都不见了。鸟儿情绪低落，树梢上再也不会有歌声了，哪儿也不会有了。大约一周以后，我

棕夜鸫
veery

草茱萸
Canadian dwarf cornel

冠蓝鸦
blue jay

竟又听见了它的歌声,是从山下传来的,它们在那儿又筑了个巢。歌声谨慎地响起来,显然最近那段痛苦的经历仍然笼罩在它心头。

再也没有谁像棕林鸫这样,遭受短嘴鸦、松鼠和其他敌人那么多次打击,棕林鸫总是选择毫无保留、不加猜疑,它似乎以为全世界都像它那样实诚。它最喜欢的地方要数小树的枝杈了,离地大约八到十英尺,在这种地方筑巢尤其容易被在森林和果园觅食的"盗巢者"当作盘中餐。棕林鸫不像灰嘲鸫、褐弯嘴嘲鸫、黄胸大鹛莺,或是东唧鹀,它从不偷偷摸摸的,也不和它们一样给鸟巢加上各种掩饰。我们的棕林鸫相当诚恳,作风坦荡。与之相反,棕夜鸫和隐夜鸫在地面筑巢,至少能避开短嘴鸦、猫头鹰以及冠蓝鸦(jay)[①],而且很有希望躲过红松鼠和鼯鼠的眼睛。而旅鸫常以建筑物为掩护。这么多年来,我从没见过一只棕林鸫成功建好自己的巢。就在筑巢期,我发现了两只棕林鸫。不过它们应该都是第二次尝试,因为筑巢期已经开始很久了,最后,它们俩都失败了。其中一只把巢安在

① 原文 jay 可指鸦科中的多种鸟类,全书取较为常见的冠蓝鸦。

苹果树上，紧挨着我的屋子，苹果树的枝条伸到高速公路上了。鸟巢就正好在路中央正上方仅10英尺的地方，要是经过的车辆载一大堆干草，都很难躲过去。鸟巢很显眼，因为底部是一大张报纸。一般情况下，这种建筑材料都不怎么结实。无论报纸上的媒体在捍卫什么，反正是没法捍卫这个鸟巢免受伤害的。这个鸟巢见证了鸟蛋和雏鸟的诞生，然而没能等到鸟儿羽毛渐生，高速公路上空就发生了一场"谋杀"事件。至于是发生在暴露于天光之下的白日，还是在夜色掩盖之下，我就不知道了。元凶无疑就是那只活泼好动的红松鼠。另一个鸟巢在槭树幼苗上，就在我那粗糙的房子顶上。我猜这对棕林鸫第一次应该是在山下一个隐蔽的地方筑的巢，不过失败了，因此来到房屋附近，希望能得到保护。在我还没注意到鸟巢之前，雄鸟就已经在屋旁的树上连着鸣叫好几天了。那天早上，我感到不太妙，因为我看见一只红松鼠在不远处的树上搜寻，它可能和我一样也嗅出了这歌声的隐喻。但我还没来得及看巢里有什么，因为转眼间巢里就什么也不剩了。雌鸟可能只下了一枚蛋，而红松鼠吞吃了它。

　　一个傍晚，我正坐在门廊里，真真切切地听到鸟儿们似乎正在进行着什么歌唱比赛。两只在附近安家的棕林鸫坐在一棵枯树顶上，已经互相较劲半个多小时了，活像两位剑拔弩张的参赛者，于是我便白捡了一场罕见的音乐盛宴。它们似乎不知疲倦，不时还调整位置或朝向，不过始终和对手保持一定距离。比赛越来越白热化，也越来越精彩，以至于我再也没把视线从它们身上移开。暮色四合，它们的样子也渐渐看不清了。这时，其中一只棕林鸫顶不住压力了，于是便也顾不上公平不公平，说着"无论如何我也要让你住嘴！"恨恨地冲向它的对手。两只鸟儿激烈角逐，渐渐消失在树下的灌丛中了。

Chapter 16
橙腹拟鹂

毫无疑问，橙腹拟鹂的巢才是"万巢之首"，是理想中的鸟巢应有的模样，也是目前唯一完美的悬挂式鸟巢。圃拟鹂的巢大多也是悬挂式的，但是它们更像莺雀，鸟巢一般都位于更低的地方，巢体也更加单薄。

　　橙腹拟鹂喜欢把巢安在高高的榆树摇晃的树枝上，也不加以伪装，只要位置够高，能让鸟巢垂下来就行。和普通鸟巢相比，这种巢搭起来很费时间，也更考验技巧。一种特殊的亚麻材质的材料是鸟儿的首选。完成的鸟巢体积比较大，就像一个挂在树上的葫芦。巢壁不一定要很厚，但是必须结实，能抵挡大暴雨。开口处要翻转过去，用细绳或马尾毛缝在一块，其他地方也是采用同样的材料一"针"一"针"地编织而成的。

　　鸟巢用不着特别进行保密，鸟儿也不挑剔材料，就是些寻常的丝线。有位女性朋友曾告诉我，有一次她正倚在窗边做活，趁她转身的当儿，有只橙腹拟鹂立刻偷了一团线，以继续未完成的鸟巢。可是，这东西可不服帖，立马缠在枝条上了。鸟儿试图捋顺它，然而愈发绕得更乱了。鸟儿一整天都在拖拽那毛线，可最后也只是弄下来一些断线，不得不就此罢手。在那之后，这团线仍然是鸟儿的心头之恨，穿来绕去，它恨不能狠狠地啄，或者骂出声来："这纱线太讨厌了，真是麻烦透顶了！"

圃拟鹂
orchard oriole

美国皂荚
honey locust

　　在肯塔基州时,有一天,我看见一只拟鹂把一种不寻常的材料筑进巢中。我们坐在屋前的草地上,发现鸟儿刚开始建巢,它选择了几英尺外的一棵北美肥皂荚,把鸟窝挂在一根长而低的枝条上。我对木屋主人说,如果他拿来一些不错的纱线,分散着扔在灌木丛、篱笆和走道上,这只鸟儿可能用得着,能造出一个别具一格的鸟巢。"我听说过这种事,不过我还从没这么做过呢。"他立刻行动起来,拿来不少和风纱,颜色各异,有深红色的、橘色的、绿色的、黄色的,还有蓝色的,散在地上。一会儿后,我们坐下吃午饭时,我看见鸟儿带着纱线急匆匆地飞回鸟窝,纱线在它身后飘游着。鸟儿偶然发现了这种纱线,就满心扑在它们身上了,也不管这种材料颜色是不是太鲜艳,不久,鸟儿那深红色的鸟巢便坐落于一片绿叶丛中了。接下来的下午、晚上,直到第二天早晨,我们几乎没怎么见到鸟儿出来活动。能找到这样的材料,它是多么欣喜啊!它把那些丝绳结到巢上，固定好一端，然后内外翻飞，编进了巢壁之中。一只鸟喙使劲地牵拉，多像一位承受着繁重家务的主妇啊！而当她的邻居——几码之外篱笆上的另一只拟鹂——想要入侵它的领地之时，它又是多么凶狠地冲向这位邻居啊！它的伴侣在一边赞许地看着，却丝毫不肯帮忙。在这样的情形下，雌鸟的行为中蕴含着某种意义，坚定而有力，以至于雄鸟的不作为显得完全正确。这是属于妻子的工作，而且它显然可以自己拿主意，此时丈夫只需待在一边，作为观众就行。

　　肯塔基州的天气不适合使用粗纺毛纱，可鸟儿并不懊恼这一点，因为它只在鸟巢最上方的部分使用毛纱。它把纱线系在树枝上，将鸟巢边缘压紧实，绑上去，用麻线编织巢壁和底部，这样鸟巢才轻薄、透气，远远胜过其他同类型的鸟巢。再没有其他鸟儿会用这么鲜艳的材料了，因为隐蔽是它们的天性。比起藏起鸟巢，拟鹂更倾向于让敌人无法接近，因此拟鹂鸟巢的位置总是很讲究，以此来保证它的安全。

北美肥皂荚
Kentucky coffeetree

美国榆
American elm

Chapter 17

三声夜鹰

三声夜鹰
eastern whip-poor-will

五月的一天，我在森林里散步，偶然发现了三声夜鹰的巢——或者毋宁说它的鸟蛋，因为三声夜鹰从不筑巢。那是两枚椭圆的、淡白色的、带斑点的鸟蛋，卧在枯叶上。鸟妈妈在我离它不超过一码远时，才倏忽飞走。我很想知道，要多敏锐的眼力才能发现鸟儿的影踪。于是我去了那地方好几次，想一探究竟。即便我就在几英尺近的地方站着，眼望着鸟儿所在的地方，但要把鸟儿从周围环境的掩护下分辨出来，也实在不是一件容易的事儿。一双视力良好的眼睛当然是必要的了，而且还要有不服输的气性。树枝、树叶，还有漆黑或深棕色的树皮碎片，简直都是鸟儿羽毛的复刻品。有时，它的确就在不远处坐着，却活像一块不明形状、腐坏的木屑或树皮！有两次我带上了同伴，让同伴去找那地方，我发现这对他来说太难了，哪怕他翻遍了所有和鸟儿颜色相近的落叶。在我们打扰一番之后，鸟儿回来了，它落在鸟蛋旁边几英寸的地方，休息一阵，然后一歪一扭地坐到鸟蛋上。

　　幼鸟孵出来之后，鸟儿所有的精力都转移到玩乐上去了。第二天我也在那儿，鸟妈妈在我靠近她一步之遥的时候弹了起来，挥舞的翅膀把树叶也扇动了，树叶飞得很高，于是幼鸟也躁动起来了。鸟儿的羽毛跟树叶一个颜色，我想任谁眼力多好也分不清哪个是鸟儿、哪个是树叶。过一天我又来了，同样的状况又发生了。有一次,一片树叶落在幼鸟身上,几乎完全盖住了它。小鸟全身的羽毛呈浅红色,像披肩榛鸡的雏儿一样,不久便开始寸步不离地跟着妈妈了。要是有人打扰,它们便跳开一步,然后待在那里,一动也不动,眼睛闭着,样子蠢极了。每当这时,雌鸟便手忙脚乱地想把我从幼鸟身边引开。它飞出几步远,然后躺下,一阵抽搐,仿佛死亡正碾过她颤抖的、伸展的双翼和趴伏的身体。与此同时,它还不忘观察我有没有上当,如果我没被骗到,它便迅速"康复"了,然后换个地方想再次吸引我的注意。要是我跟上它,它便落在地上,然后突然以一种古怪的姿势倒地。接下来的两天,雌鸟和幼鸟竟全都消失了。

三声夜鹰的走姿像燕子一样奇特,又像一个被装进袋子里的人,即便如此,它还是努力地带着孩子们在林子里走路。幼鸟一蹦一跳地前进着,偶尔一小阵冲刺,它们凭借羽毛的颜色很好地伪装着。

暮色四合、星光开始闪烁时,三声夜鹰突然开始唱起歌来。在这一片宁静、和谐之中,歌声显得格外突兀、粗鲁。它毫无音乐感,不断重复着,声儿很高,具有穿透力,然而奇怪的是并不难听。一定是因为这夜晚和这片孤寂,令人觉

披肩榛鸡
ruffed grouse

得有歌声也是欣慰的。一个小时以后，天色全都暗下来了，鸟儿到我的窗下、门前唱起夜曲，这歌声让我的心里暖洋洋的。那是爱的呼告，充满浓情蜜意。一旦雌鸟回应了，飞过来，在附近盘旋，就会响起一阵交头接耳的窃语，这亲昵的语调让人听了心情非常愉悦。我在木屋生活的第一个夏天，每晚都有一只三声夜鹰在屋门口的石头上放歌。一到傍晚它便开始了，这第一声儿便打破了宁静。一众鸟儿紧随其后，直到这片寂静完全被叫声填满。十点以后便几乎听不到任何声音了，而到了黎明时分，夜鹰们就会又接着唱起来，直到其他鸟儿同情地接着它们唱。四月的一天早晨，大约凌晨三四点时，我听见一只三声夜鹰在我的窗边叫着，于是我开始数它叫了多少声。我的邻居告诉我，他曾经听一只鸟儿连续不断地叫了两百多声，这可是个大新闻，不过我的发现更惊人，三声夜鹰比那只鸟儿坚持得更久，叫声多出 1088 次，中间让人难以觉察地暂停了几次，像是在换气。然后，它停下来大约半分钟，又开始唱，这一次是 390 次。然后再停下来，飞到稍远处接着唱，直到我进入梦乡……

　　在白天，三声夜鹰总是一动不动地坐在地上。我在林子里散步时有好几次都差点踩上去，鸟儿便被惊飞了。每当此时，它的动作堪比蝙蝠，翅膀不发出一点儿声音，横冲直撞、毫无章法，很快又摔到地上。六月的一天，我们惊飞了一只带着两孩子的夜鹰，可这只雌鸟一点也不犹豫、慌乱。幼鸟羽翼已经很丰满，它们欢快地蹦出去几码远，然后突然蹲坐下来，而完美的伪装色令它们可以完全不被发现。见此情景，焦急的鸟妈妈施展全身解数吸引我们的注意力，想让我们远离小鸟。鸟妈妈忽地从我们面前掠过，来来回回，大张翅膀和尾巴，然后落到地上，保持同一动作好一阵，仿佛它丧失了飞行能力。之后，它又拖着无力的、颤抖的翅膀走到一株老树桩或低矮的树枝上，极尽一切姿势恳求我们去抓它，从而放过幼鸟。我的同伴刚好带着相机，只是鸟儿不肯保持同一姿势太久，让他可以拍下来。

Chapter 18

黑喉蓝林莺

我怀揣着发现罕见鸟巢的梦想出发了,我要找的正是黑喉蓝林莺的巢。如果能找到这种森莺①,以及另外的一两种,那么森莺的版图便齐全了。森林浓密,到处是深厚的、阴暗的盘根错节,要在其中找出任何鸟窝,希望很渺茫,用句熟语来说,简直如同大海捞针一样。从哪里着手呢?怎么开始呢?不过话说回来,这跟找鸡窝其实没什么两样:首先给鸟定位,然后监视它的行动。

黑喉蓝林莺无疑就在这片林子里,因为我看到它从我眼前飞过去好几次了。不过我不知道鸟窝是在高处还是低处,是在地面还是树上。瞧,它唱起歌来了:"推——推——推威欸——"声音中有着夏日特有的倦懒和平淡,从低矮的树枝或其他植物那儿传出来。目前,我们(对,有人加入了我的队伍)已经发现了那只鸟。那是只雄鸟,正在一株新近砍伐的铁杉树梢上寻找食物。仅只一瞥,就可以将鸟儿那黑、白、蓝相间的毛色尽收眼底。和有些林莺相比,黑喉蓝林莺的动作算是相当缓慢的了。它要是能离开它那同样一身羽衣的伴侣待着的小小住所附近,我们就已经谢天谢地了。可就连这样的心愿,它也不愿意满足我们。它在周围,上蹿下跳,我们努

① 黑喉蓝林莺为森莺科橙尾鸲莺属的鸟类。

加拿大铁杉
eastern hemlock

力跟上,但经常跟丢。它唱上几嗓子,我们才又找到它。不过,关于它鸟巢的线索,我们要怎样才能找到呢?它就从来不回家,去看看家里情况怎么样吗?不用去看看家里是否需要它,或者给夫人带点儿食物回去?毫无疑问,它始终待在鸟巢附近,只要雌鸟发出危险信号,它就会立即回巢。那时,的的确确有什么坏事儿,让雌鸟竟发出了那样的哭号!雄鸟这回遇上对手了。它觅食的地方是其他鸟的领地,两只鸟都气势汹汹的。这是个好讯号,说明它们的巢就在附近。

鸟儿们宣战的叫声低沉,叽叽喳喳的,很特别。声音并不十分有力,但是轻松有趣,充满自信。双方很快拉开架势,开始互啄。不过这场打斗非常精彩,它们像是在享受一种荣誉感,而不是为了伤害彼此,因为它俩事实上谁也不比对方强多少。两只鸟儿分开几步远,开始唱歌,发出尖厉而短促的叫喊,以一种快乐的姿态和对方较劲。它们萎下翅膀,旋即总有一人又再捡起来。在短短的十五到二十分钟内,它们就这样短兵相接了三四次,然后稍微分开一点距离,再次缠在一起,如同斗鸡一般。最后,它们听到对手的叫声,于是终于选择结束战斗，只是双方很明显都在叫嚣着自己的胜利。不管怎样，我们还是不知道鸟巢在哪儿。有一次，我以为我找到它了。我瞥见一只鸟儿，很像黑喉蓝林莺的雌鸟。我在它附近的一株铁杉幼苗上，距地面八英尺高的地方发现了鸟巢。然而，当我来到树下，却发现阳光穿透了鸟巢，因为巢里空无一物。而且，看上去它只完成了一半，还没有填充内里。如果在那一刻鸟儿能飞过来，守卫这鸟巢，就说明我们至少还是有收获的。可是我们等啊等，什么也没等到。看来当天的建筑工作已经告一段落了，我们只得下次再来，或者继续去别的地方寻找。

我们对找到那两只雄鸟的老窝已经不抱希望了，于是打算换个地方去碰碰运气。然而没过多久，就在我们打算下山，去这片林子深处有沼泽地方时，我们发现了那对我们一直追寻的鸟儿。它们嘴里叼着食物，我们一停下来，它们也显出十分的警觉。很明显，它们的巢就在很近的地方。知道这个就足够了，我们只需要待在这儿，无论如何也能找出鸟巢。我们决定看着那对鸟儿，以证实我们的想法，直到最终找出它们的秘密。这样想着，我们蹲下来，坚持不懈地监视他们，而它们也回头盯着我们，那场面就像双方狭路相逢一样。我们觉得自己的动作僵住了，然而仍然尽量不发出任何声音，心里寄希望于鸟儿会以为我们只是两根没有恶意的树桩，或者倒伏的木材。要真能那样，我们做的一切就都是值得的。然而蚊子很快识破了我们的伪装，鸟儿也一样没有上当，即使我们连印第安人的装扮方式都用上了，把绿枝都插在自己身上。哎，这东西真是多疑！瞧瞧它们，嘴里还塞满了食物，却一直盯着我们，整整一个小时都没去管它们宝贵的小家！要是我们不在这儿，它们肯定时不时就得去看看。有时，它们也飞来我们身边，在鸟巢和我们之间活动，不过仍然尖锐地监视着我们。过了一会儿，它们离开我们身边，好像要忘记我们的存在一样。雄鸟不时唱起歌来，曲毕，则穿过树丛去到稍远的地方。它是在骗我们，还是自我安慰这没什么大不了呢？雌鸟却不敢让自己放松警惕，它始终盯着我们。它们嘴里衔着食物已经很久了，才终于吞下去。然后，它们又找来食物，慢慢靠近鸟巢，然而突然又十分警惕起来，吞下食物，赶紧逃走了。我以为幼鸟会因此哭喊，但是它们一声也没发出。显然，这也是它们的父母可以不接近鸟巢的原因。要是幼鸟一看到父母回来就哄闹起来，那么它们早就暴露了。

一会儿后，我相当确信鸟巢就在方圆几英尺之内了。事实上，我觉得我认出了那片熟悉的灌丛。可是两只鸟儿又聚到一块儿去了，它们对于另一个几码以下的鸟巢尤其保密。这让我们感到很困惑。想到整个下午可能就这样耗下去，而且毫无进展，我们就决定换个思路，直接开始寻找这个新地点。然而这个决定很快就让事情不受控制了。我的同伴爬上离我们不远处的一棵铁杉，紧接着我们听到树上的鸟巢里的雏鸟们发出尖叫声，然后朝着不同方向，呼啦地飞散在树叶中。几乎同一时刻，鸟儿的父母也警觉起来，显得极度痛苦，令人觉得十分不忍。它们跌到地面，就在我们的脚边，扑闪翅膀，哭叫着，在我们面前拖来拽去，企图把我们引开，转移我们对那些无助的幼鸟的注意。我怎么也忘不掉，那只神采奕奕的雄鸟，和在枯叶丛中拽拉自己羽毛的雄鸟，对比太鲜明！它看上去似乎完全无法动弹了，它想唱歌，仿佛这样能帮助它飞走，然而没有用。它掉下来，伴随着毫无用处的扑打的动作，终于它走出两码远，引得你去捡起它。然而你还没能捡起来，它已经恢复了，又飞到更远的地方去了。如果你被诱去跟着它，你很快就会发现自己已经远离鸟巢，这时无论是雄鸟，还是幼鸟，你都捉不着了。雌鸟并不比雄鸟少操心，它用同样的方法引开我们，不过它的羽毛没那么出彩，倒是难以引起人的注意。这就好比，雄鸟穿着节日盛装，而雌鸟只是穿着日常服饰一样。

鸟巢就建在一棵小铁杉的枝杈间，离地面约15英寸。巢体厚实，集合了林子里最优质的材料，内里采用了精细的草根。巢里有四只幼鸟和一枚腐烂了的鸟蛋。

Chapter 19

白尾鹞

白尾鹞
hen harrier

我觉得几乎所有乡下孩子应该都知道白尾鹞吧。你看到那低低地飞过田野、钻进灌丛和沼泽,或是停在篱笆上,注意力全在它脚下的地面的鸟儿,就是它了。它就像会飞的猫。他之所以飞得那么低,就是为了让鸟儿和老鼠发现不了它,然后能正好落在它们面前。鸡鹰(hen-hawk)[①]会从高高的空中,或者从一株枯树树梢上俯冲向草原田鼠。但白尾鹞只是尾随猎物,然后突然从篱笆上、灌丛或草丛后跳到猎物面前。它的体积和鸡鹰差不了多少,但是尾巴就长得多了,所以我小时候总叫它长尾鹞子。白尾鹞的雄鸟羽毛是蓝灰色;雌鸟则是红褐色,和鸡鹰很像,只不过它的臀部是白色的。

和其他鹞属鸟类不同的是,白尾鹞总把窝安在低洼处,很深的沼泽地里。有一对白尾鹞好几次在我屋后几英里远的灌木沼泽中筑巢,就在我一个乡下朋友的房子旁边。这位朋友也是一个野生动物迷。两年前,他发现了白尾鹞的鸟巢;但等我在一周之后到那儿时,鸟巢早已遭遇了不测,可能是附近的小男孩干的。去年四月还是五月的时候,他一路跟踪雌鸟,又发现了一个鸟巢。还是在沼泽地里,沼泽位于谷底,有几公顷大,长满了塔序绣线菊、花椒、菝葜、和

[①] 红尾鵟和赤肩鵟都叫鸡鹰。原注。

其他低地荆棘灌丛。我的朋友带我到一处矮山脚下，尽可能给我指看脚下的沼泽，也就是鸟巢所在的位置。然后，我们穿过牧场，进入沼泽，谨慎地接近鸟巢。沼泽里的植物野蛮生长，带有荆棘，不得不小心应对。我们到达鸟巢附近后，我擦亮眼睛，却没发现白尾鹞的影子，直到它突然从几码外的地方冲到空中。它一边飞翔一边尖声叫着，在我们的头顶上划着圈盘旋着。地上由树枝和杂草垫着的鸟窝中，躺着五枚雪白的鸟蛋，比鸡蛋的一半大一点。我的同伴告诉我，白尾鹞的雄鸟可能也会出现，然后加入雌鸟的飞行，但是最后并没有。雌鸟一直往东飞去，不久便消失在我们视线之外了。

我们从沼泽中退出来，藏在一面石墙后面，想等着雌鸟回来。它在远处出现了，然而仿佛知道有人在监视它，它始终没有靠近。

大约十天之后，我们再次去看那个鸟窝。一位来自芝加哥、极具冒险精神的女士也想看看白尾鹞的巢，所以也加入了我们的行列。这次我们发现已经有三枚鸟蛋孵出来了。在雌鸟飞起来时，女士不知是故意还是无意的，把两只幼鸟推到了巢外。雌鸟愤怒地叫着升腾起来，然后朝我们飞过来，它像一支箭直冲向那位年轻的女士，可能是那位女士帽子上鲜艳的羽毛惹火了它。女士拢了拢裙子，匆匆忙忙后退。白尾鹞可不像她想象的那样温和。一只巨大的白尾鹞从高空冲向人的脸，想想就觉得让人紧张。鸟儿突然俯冲下来，是够可怕的，而且它的目标可是你的眼珠。进入你身边 30 英尺的范围内之后，它会呼啸着往上飞升，越来越高，然后再次俯冲下来。仿佛它要回到空中上满弹夹，不过这一举动确实能达到预想的效果：把敌人吓走。

在侦察了白尾鹞的鸟巢之后，我朋友的邻居提出带我们去看齿鹑的巢。任何类似鸟巢的东西我都感兴趣，它们总是那么神秘，勾起人无限的好奇和喜爱。要是刚巧是在地面，那么鸟巢往往是在一团自然形成的废弃物或混乱之中，精致而小巧。地面上的鸟巢会更暴露，看到这薄弱的堡垒之后卧着一窝脆弱的鸟蛋，会让人又惊又喜。有时，我会走很远，只为了看看歌带鹀在麦茬中或草丛下筑的巢。它就像宝石花环中最灿烂的那颗宝石，被杂草包裹着。我此前从未见过齿鹑的巢,而看到的这一个就在白尾鹞的捕食范围之内,这的确是双重惊喜了。这样一条安静、隐蔽、长满青草的大路,本身就已经是一种难得的享受了。那小山谷正是"隐秘"的代名词,而这条路则暗示着"平静"。那位乡下朋友的田地就铺在我们面前,一半长上了杂草和灌丛。很显然,在这样的地方不会有多大的声音,以至于赶走别的什么。在这条粗糙的大路两边,围着布满苔藓的、古老的石墙,而齿鹑就在以他家的谷仓为中心的投石距离之内,在一片倒伏的荆棘丛边缘下隐藏着。

"鸟巢就在那儿。"我的朋友一边说着,一边在距离鸟巢10英尺时就停了下来,用棍子指向那里。

过了一会儿,我们看到了卧在那儿的鸟儿,毛色斑驳,呈褐色。随后,我们小心翼翼地靠近,然后弯下腰来。

它丝毫没有动。

美洲花椒
common prickly ash

粉叶拔葜
cat greenbriar

我把手杖伸进去，放在它身后的灌丛。我们想看看鸟蛋，但是不想粗鲁地打扰正在孵蛋的鸟儿。

它还是不肯动。

我只好把手伸到她面前，它仍然无动于衷。难道非得要我们把它抱起来？

同行的年轻女士也把手伸下去。可能这是这只齿鹩见过的最好看、最白皙的手掌了。至少这只手让雌鸟激动了，它弹了起来，露出了一大窝拥挤的鸟蛋。我从没见过这么多鸟蛋，足足有21枚！白白的鸟蛋围了一圈，或者一个圆盘，就像一个瓷茶碟。你忍不住称赞它：多美啊！多可爱！就像一个个小鸡蛋。雌鸟坐着孵蛋仿佛也是一种游戏，就像孩子们会把做家务当作游戏一样。

假如我知道它的巢里有这么多蛋，我怎么也不敢打扰它，怕它不小心打碎一些。不过，它这么突然地飞起，竟然一颗也没弄碎，而且后来也没有任何意外发生。我听说每个鸟蛋都孵出来了，稍微小点儿的鸟儿不会比熊蜂大多少，由鸟妈妈带领着去田野里玩。

大约一周之后，我又到白尾鹩的巢那儿去了。鸟巢里的蛋全孵出来了，鸟妈妈在附近的空中盘旋着。我怎么也不会忘了地面上这些雏鸟那古怪的表情。那不是一种年轻的表情，而是很有年头了。它们有一副古老的样子——脸庞和眼睛是尖锐的、深沉的、皱缩的，动作虚弱无力、摇摇欲坠！它们的手肘、后半个身子，甚至苍白的、萎缩的腿和脚无助地摊在它们面前，支撑着它们。瘦骨嶙峋的身体表面覆盖着一层淡黄色的绒毛，就像小鸡的表皮；它们头部的毛发仿佛被拔光了，很脏；而修长的、强壮的、裸露的翅膀也垂下两旁，直到触到地面。它们第一次粗鲁地进水时便表现出暴力和凶残；它们什么都还没长出来，除了那副邪恶的丑陋模样。另一件古怪的事儿是雏鸟的个头。它们这五只，一只比一只小，好像每两只孵化都隔上了一两天。

最大的那两只对我们的到来感到很恐惧，其中一只甚至摔得四仰八叉，蹬着它那两条无力的腿，张着嘴望着我们。而稍小的那两只视我们如无物。我们在那儿的时候，它们的父母一个也没出现。

八天还是十天之后，我又去了一次。这次鸟儿长大了许多，不过仍然大小不一，尽管都是一样的"老"样子——跟那种长着鹰钩鼻的男人一样显老，鼻子和下巴挤到一块儿了，眼睛很大，且深陷下去。鸟儿盯着我们，眼神狂热、残酷，嘴巴威胁般地大张着。

　　又过了一周，我的朋友去看鸟巢，稍大的那几只凶猛地进攻他。然而，其中有一只，可能是最后孵出来的，几乎没怎么长大，似乎处于饥饿之中。雌鸟（雄鸟好像消失了）可能觉得孩子太多了，故意想要其中一些自然消亡，又或者是稍大的那几只没等这只表态就抢走了所有食物？可能正是这样。

　　亚瑟带走了那只虚弱的雏鸟。就在同一天，我的小子①得到了它，还把它用一块破毛呢包着带回了家。这只鸟儿显然饿坏了，它一直哭着，但不肯抬起头。

　　我们先是灌了一些温牛奶给它喝，于是它不久便恢复了，可以吞吃小块的肉屑了。一两天之后，它仍是狼吞虎咽地吃肉，体积增速惊人。它的声音遗传自它的父母，带有尖锐的哨声，只有睡着时它才会安静下来。我们给它做了个围栏，大约一码见方，就在书房的尽头，地上垫着厚厚的报纸。就在那儿，一块褐色毛呢搭起来的鸟窝里，这只白尾鹞一天天大起来了。要是按通常我们对这种鸟的要求，要拥有这样一只丑陋的宠物，并不容易。它总是用前翅支撑着，把它毫无力气的双脚伸到前面，还没有长出毛发的翅膀拖在地上，尖声叫着，乞求更多食物。有段时间，我们用一种自动续水的装置补给它的日常用水，可它显然不想要这样的。它唯一想要的，只有新鲜的肉、大量的肉。不久，我们还发现它更喜欢通过游戏获得食物，比如给它老鼠、松鼠、鸟儿，都比直接买来的肉铺的肉好得多。

　　于是，我那孩子便开始了一场兴味盎然的游戏，他搜遍了附近

① 根据后文推断，此处可能是作者的儿子朱利安·巴勒斯。

所有的害虫和小动物，来供给这只白尾鹞。他设下捕兽器，去打猎，还号召他的小伙伴帮他，他甚至抢来一些猫喂这只鹞。这严重影响了他的其他工作。"又去哪儿了，朱——""去给他的鹞子捉松鼠了。"往往他终于捉到猎物，一天就过去了一半。很快，房子里一只老鼠也没有了，同样，周围的花栗鼠、松鼠也不见踪影了。之后之后，他甚至不得不去附近的农场和森林里，以此满足白尾鹞的需求。直到这只鸟学会飞，他一共消耗了21只花栗鼠、14只红松鼠、16只老鼠，还有12只家麻雀，这还不算买来的肉。

它的羽毛也开始显现出它的轮廓了，从汗毛丛中挤出来。它那巨大的翅膀上开始萌发翎毛，而且长得很快。过去它是多么邋遢、多么古怪啊！它的样子本来像个老人，现在也逐渐改善。它多么喜爱阳光啊！我们可以把它放在草地上，让上午的太阳照耀它。而它只会张开翅膀，沐浴在阳光下，尽情地享受。即便是在巢里，它也得暴露在阳光下才行，那是六月和七月第一阵热浪来袭的时刻，温度计一溜跑到了93和95华氏度①，而它就完全让正午的阳光全力直射它。沐浴阳光似乎成了它的天性。不过它同样喜欢下雨，每当瓢泼大雨时，它就会坐下来淋雨，仿佛每一滴雨都能让它神清气爽。

它的腿长得和它的翅膀一样慢。在它学会飞行的十天前，它都还无法稳稳地站立。它的爪子虚弱无力。我们拿来食物后，它会一瘸一拐地走向我们，像病情最严重的瘸子一样。它垂着翅膀，挪着腿去踩，用脚后跟和手肘使劲，脚还是并拢的，用不上力。像婴儿学步似的，在学会站立之前它也尝试了许多次。它会用颤抖的腿站起来，结果只是再次摔倒。

然后有一天，我在凉亭看见它第一次干脆地用腿站立起来，脚趾全打开了。它看着自己，仿佛这世界突然不一样了。

现在它的羽毛长得非常快。它每天吃一只红松鼠，用斧子剁得

---

① 约为34℃和35℃。

白尾鹞
hen harrier

碎碎的,这就是它每日的供给量。它撕扯食物时开始用脚了。书房里满是它褪下来的毛,它那深褐色、斑驳的羽衣长得越来越漂亮了。翅膀开始还有点下垂,不过它渐渐能控制它们了,把它们固定在适当的位置。

到 7 月 20 号,白尾鹞已经五周大了,近几天它都在地面走路或者跳跃。它选中了一棵欧洲云杉边缘的位置,能在那儿坐好几个小时,打个盹,或者看看风景。我们拿食物给它,它会前来迎接我们,翅膀微微举着,还发出尖利的叫声。扔给它一只老鼠或者麻雀,它会用一只脚抓住,飞到猎物上面,弯下身,展开羽衣,这儿看看那儿看看,然后发出最狂喜、最满足的大笑声。

这一次,它开始练习用爪子攻击了,像印第安小孩练习弓箭一样。它会在草丛中击打干枯的树叶,或是落下来的苹果,甚至于它想象的某个对象。它还在学习如何使用武器。当然还有它的翅膀,它似乎能感觉到它们正在生长。它会直直地举起翅膀,打开它们。然后仿佛是因为太激动,翅膀会颤抖起来。一天中每过一段时间，它都会重复这样做。力量开始集中到翅膀上。它会玩闹似的击打叶子或木屑，始终举着翅膀。

下一步便是跳进空中扑打翅膀了。看上去似乎它现在想的就只有翅膀。它们痒痒的，只待使用。

一两天之后，它会跳着飞出几英尺远了。河岸下十几英尺高的灌丛，它也能轻松跳过了。它还会像真正的白尾鹞那样栖息，这让周围的旅鸫和嘲鸫们感到很困惑，也很羞耻。它还会将目光向四面八方投射，仰起头望向天空中。

现在，它变得可爱多了，羽毛丰满，而且像猫一样温驯。可它有一点绝不像猫，那就是它不允许你抚摸它，或者只是碰一下他的羽毛。它很害怕手掌，好像那是对它的亵渎。不过它倒是愿意停在你手上，让你带着它到处走。要是遇到狗或者猫，它会立即进行攻击。有一次它就冲向了一只狗，用爪子凶狠地击打。它害怕陌生人，或者不太常见的物体。

七月的最后一周，它可以很自由地飞来飞去了，因此有必要对它一侧的翅膀进行修剪了。只是修剪了它前翅的边缘，它不久就克服了，可以用它宽阔的、长长的尾巴来平衡，仍然可以轻松地飞起来。它开始造访越来越远的地方，比如附近的农田或葡萄园，但却并不总是自己回来。每当此时，我们得去找它，把它带回来。

在那之后，一个雨天的下午，它又飞去葡萄园了。一小时后，我去找它，却哪儿也见不到它的影子了，而且从此以后我们再也没见过它了。我们希望它饿了会自己回来，但是至今关于它的踪迹也没有任何发现。

Chapter 20
冬鷦鷯

1 岩鹪鹩 rock wren
2-4 冬鹪鹩 winter wren

冬鹪鹩常去的地方，是位于特拉华河流域上游的一片古老的铁杉林。在那儿，冬鹪鹩的声音在昏暗的小道上回荡，仿佛被某种效果惊人的共鸣板给加强了似的。的确，对于它这样小的鸟儿来说，它的歌声未免太洪亮了，光芒四射，却又透着一丝哀愁。这让我想起了银器震颤时发出的声音。光是听那绵延不绝、音韵起伏的声音，你也许能猜出那是鹪鹩，但你非得仔细瞧瞧这位小小的游吟诗人，尤其是它唱歌的样子。它和大地、树叶几乎融为一体；它从不去高高的树梢上，只是低低地掠过一个个树桩、一根根草茬，在它各个藏身点之间不断转移，眼神警惕，提防着所有入侵者。它的模样很小巧，几乎是有点滑稽了。尾巴直直地树立，直指它的脑袋。鹪鹩是我所知道的最不爱卖弄的歌手了。当它准备唱歌时，绝不会搔首弄姿，或者扬起头、清清嗓子。相反地，它只是坐在一根圆木上，就那样开唱，眼睛直视前方或脚下。作为一个歌手，它开唱算是比较早的，但在七月第一周过后就基本听不到它的歌声了。

冬鹪鹩之所以叫这个名字，是因为在北方的冬季有时候也能见到它勇敢的身影，不过这种情况并不多。迄今为止，我可能就在冬天见过它两三次吧。在最近的二月，我有一次在外面散了很久的步，于是便看到了一只冬鹪鹩。我跟着它走上了一条岔道，来到林子边上的小溪旁，我瞥见一个褐色的小小身影冲

短嘴沼泽鹪鹩
sedge wren

到石桥下。我当时还在想，没有别的鸟儿会跟冬鹪鹩一样到桥下避难了吧。我走过去，以为鸟儿会再冲出来，跑到岸上。但它没有出现，我仔细查看了那段河岸到几码远的地方，到处是木头和灌丛。

不久，我见到那只冬鹪鹩在一块旧木头下面屈着膝拍打翅膀。我走近它，它立即消失在岸上一堆零散的石头下边。然后再走出来，它偷偷看我，显得烦躁不安，随后又再次消失。就这样，它像只老鼠或者花栗鼠一样，在地洞和凹陷处进进出出。冬鹪鹩这种蹲坐、快速出入的习惯可能一直会作为它们的标志。

我想再靠近一点观察它，它蹑手蹑脚地逃出几码以外，消失在房子旁边的一座小型的木板桥下边了。

我很好奇，在这种时候，不知道它靠什么活下去？地上积起了一层薄雪，天气也十分寒冷。我知道鹪鹩完全以昆虫为食，在这仲冬季节，它上哪儿找昆虫去呢？也许是靠搜寻桥下、灌丛和河岸的洞穴，那些地方还比较温暖，它可能会找到冬眠的蜘蛛、飞虫或其他蛰伏的昆虫和虫卵。我知道有一种很小的、像蚊子的昆虫，在三月或仲冬天气稍稍回升、超过冰点的时候就会出现。天气还冷，人们出去还得扣上纽扣的时候，可能会有人看到那种虫子在空中跳舞。它们比蚊子的颜色更深，像黑水的颜色，碰一下就会死掉。可能冬鹪鹩知道这种虫子藏在哪儿。

Chapter 21
雪松太平鸟

这种鸟儿可真有警惕性呀！哪怕它们是在专心致志地筑巢呢！在森林的开阔地带，我看到一对儿雪松太平鸟正从一棵枯树树梢收集苔藓。跟随它们飞行的方向，我很快就发现了一棵银白槭幼树树枝上的鸟巢，它的周围是茂密的樱桃树和山毛榉。我小心地藏身在树下，毫不畏惧伐木工人在砍伐过程中可能会掉下木屑或工具，落在我身上。我想等那对鸟儿回来。不久，我便听见那著名的鸣叫声了。紧接着雌鸟毫不怀疑地落下来，走进刚建了一半儿的鸟巢。它的翅膀丝毫不曾停歇，直到它突然发现了我，便立刻警觉地飞走了。过了一会儿，雄鸟衔着几缕羊毛（附近有牧羊场）加入了雌鸟的行列，两只鸟儿认真侦察了灌丛掩藏下的住所。它们的嘴里依然衔着找回的东西，表情十分害怕，在四周盘旋着。直到我离开鸟巢、坐到一段圆木后面之后，它们才终于肯靠近鸟巢。其中一只鼓起勇气落到鸟巢里，但仍有些怀疑是否安全，于是便又快速跑开了。随后，它们一起走来走去，四处查看了许久。显然，它们还是疑虑重重，很谨慎地进入鸟巢工作了。不到半小时，它们带回的羊毛便填进鸟巢了，看上去可以支持一家人在巢中活动。这一事实不禁让人展望：要是有针线和一双巧手，能把填充材料织成袜子，那就更好了。不到一周时间，雌鸟就产好蛋存放进去了——这么多天一共产生了四枚。鸟蛋白中带紫，稍大的一头还有些许黑斑点。

北美山毛榉
American beech

野黑樱桃
black cherry

两周后,幼鸟全孵化了。

美洲金翅雀筑巢比其他鸟儿都晚。在咱们北方,它的巢很少在七月以前出现。这可能是因为,如果太早筑巢,那时还没有丰富的食物供给孵出的幼鸟。

有一年,一对雪松太平鸟把窝安在一棵苹果树上了,那棵树的枝条能攀上房子的墙壁。我在它们放下第一根麦秆之前的一两天注意到,它们仔细地查看了每根树枝。雌鸟打头,雄鸟紧随其后,它的叫声和它的表情一样焦虑。很显然,这件事情上妻子做主。而且,雌鸟很清楚自己的想法,它势在必得。最后,它们选择了一根高高的树枝,它甚至把枝杈伸进房子里去了。决定之后,它们互相祝贺,拥抱爱抚,然后出发去寻找材料。最随处可见的材料要数棉花了,长在犁过的农田里。鸟巢远远要比鸟儿的体积大,而且非常松软。无论从哪一方面看,它都算得上五星级了。

雪松太平鸟是最沉默的鸟儿。我们所有羽毛颜色素净的鸟儿，就比如雪松太平鸟吧，一般情况下都是唱歌的好手。可它不怎么开口，只在飞行的时候发出动听的、珠玑相击的声音，就像雪松果发出的声音。如果它终于打算吃牛心樱桃——一种它最近才知道的果子——来扩大喉管、滋润心房，我觉得它可能会唱得更频繁一些。不过，尽管在音乐方面有所亏欠，雪松太平鸟翅膀翎毛的顶端那精细的、仿佛人造的一抹橘色、朱红，也是一种绝好的补偿。大自然哪能既给它这么美丽的羽毛，又给它一副好歌喉呢？

美洲金翅雀
American goldfinch

Chapter 22
金翅雀

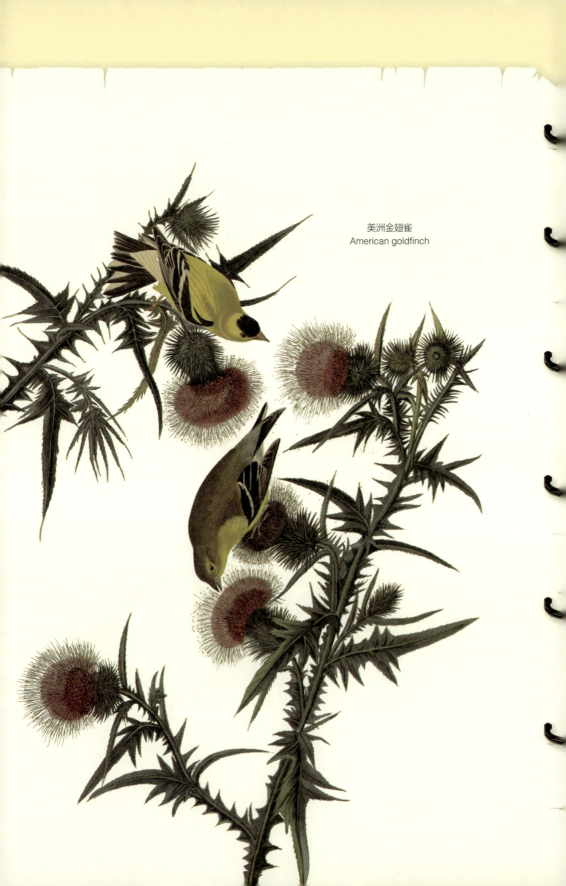
美洲金翅雀
American goldfinch

八月的纽约州和新英格兰州最引人注目的要数"黄鸟"了，也就是金翅雀。这是最晚筑巢的鸟儿，它们很少能在七月结束之前把蛋都孵出来。这样看来，似乎它需要一种特殊食物来喂养雏鸟。如果时间太早，还不会有这种食物。显然，翼蓟花种子是金翅雀的主要食物来源。一队队小金翅雀由父母带着在路边的蓟花丛中穿梭，啄开成熟的花朵吃掉其中的种子——在这个季节再没有比这个更美的景象了。幼鸟发出的那种哀怨的叫声，是八月的一大特色。金翅雀的鸟巢在七月经常被暴风雨毁掉，鸟蛋也被倾倒出来。去年，有一对金翅雀在我门前的槭树细长的枝条上筑巢，巢里放好了产下的鸟蛋。一天中有好几次，两只快乐的鸟儿都要交流对彼此的爱意。一天下午，突然下起暴雨，枝条像散开的发丝一样摇摇晃晃，差点把恰好在迎风面上的鸟巢打翻了，让鸟蛋都掉下去。遇到这种情况，金翅雀会立刻建新家——任何耽搁都会使鸟蛋到八月份才能孵化。

金翅雀的新巢很深，舒适紧凑，不会再有松散晃荡的枝条，而是放在苹果树、桃树或装饰性的绿道树上，稍小些的树干的分叉处。金翅雀的鸟蛋是淡淡的蓝白色。

雌鸟坐着孵蛋时，雄鸟会定时喂雌鸟。看到雄鸟走过来，或者听到雄鸟的声音在附近，雌鸟便叫雄鸟一声。那是雌鸟最深情、最女性化、最孩子般的声调，这也是我所知道的雌鸟孵化期间唯一发出声音的时候。如果有其他雄鸟入侵这

翼蓟
bull thistle

美洲金翅雀
American goldfinch

棵树,或是靠得太近,这儿的雄鸟会有理有据地和对方争论。那声音同样活泼、友善,显出一种与对方推心置腹的感觉来。其实,大多数鸟儿都会在战斗中利用自己最甜美的声音。爱情之歌也可以是战争之歌。总之,雄鸟轻轻地飞过来、掠过去,显然是在尽量保全双方最高贵的自尊,为双方作最大的考虑。与此同时,也是在提醒对方它已经很过分了。它仿佛带有一种温和的、幽默的惊讶:"怎么回事,老兄?这可是我的地盘。当然,你肯定不是故意闯进来的。请允许我行个礼,然后护送你离开,怎么样?"可是,并非所有的闯入者都能见好就收。有些时候,两只雄鸟得出去单挑,它们越飞越高,同时两喙相交,一直到达相当的高度,不过事实上它们并不会真的打起来。

在其他鸟儿基本上都退出舞台、沉默下来之后,金翅雀变得活泼而且引人注意起来。它们哺育幼鸟,直到孩子们飞走。八月是金翅雀的季节,是金翅雀的节日。这时总算轮到它们上场了。蓟花的种子逐渐成熟,鸟巢也不会再被冠蓝鸦或短嘴鸦袭击了。早上起床,我听到的第一种声音就是金翅雀发出的,它以一种起伏有致的飞行方式，在空中画圈、摇摆，在每一道曲线下行时叫出声来："来吧！来吧！"每一天，它都会玩好几次这种把戏，波浪般起伏着飞行。这也是它音乐表演的一部分。这激烈起伏的波浪线，就像夏日海洋中那漫延的、轻柔的浪花，每两个浪头之间大约有30英尺的距离。这么远的距离，只需要金翅雀奋力扇动一次翅膀，向下跃去，便可到达。它迅速打开双翼，立刻得到一股强烈的上升的力量；合上翅膀，它画划出了一道长长的弧线。就这样，它下落、上升、上升、再下落，仿佛海豚戏水一般，它穿梭在夏日的风中。与这飞翔的英姿相应的，是它振翅时迸发出的一声长啸。此时，它水平地飞行，两翼大张着，形状圆润，就像两只凹陷进去的贝壳，慢慢地扑打空气。这时最突出的应该是它的歌声，翅膀只是它在唱歌时用来保持平衡的工具罢了。在其他时候，飞行反而是第一要义，歌声倒只是用来突出飞行的美态而已。

在我们熟悉的所有鸟类之中，没有一种鸟儿能像金翅雀那样，能拥有如此美妙的配对过程。整个冬季，金翅雀始终保持着松散的队形，羽毛呈现出一种无趣的橄榄绿色。五月到来后，雄鸟换上了它们夏天那身鲜艳的羽衣，为此，它们要先通过一种浮夸的换羽过程。在此期间，羽毛不会一根根脱落，而是整个暗淡的羽衣一起换色。还没完全换下时，鸟儿的羽毛看起来脏脏的，很不体面。不过我们很少看到这一时期的金翅雀，仿佛他们为此避免社交活动了。当雄鸟的羽毛焕然一新，披上了黄黑相间的外衣时，求爱期便开始了。附近所有的金翅雀都聚到一起，举办了一场音乐盛会。一大群金翅雀飞到一棵大树上，以它们最欢乐、最活泼的姿态，一起歌唱。其中，雄鸟负责唱歌，雌鸟则为其伴奏。至于会不会有雄鸟在雌鸟面前争强斗勇，我就不知道了。鸟儿们之间的气氛非常和谐，没有一丝争吵、打斗的迹象。"大家欢欣鼓舞，仿佛婚礼的钟声敲响"[1]，

[1]（拜伦《滑铁卢前夜》中诗句）

鸟儿们似乎真的就在这样的音乐集会中找好了自己的伴侣。五月还未结束，就能见到金翅雀成双结对地出现了。到了六月，它们通常开始布置鸟窝了。这就是我认为的理想的鸟类的求爱场景，这和大多数鸟儿争吵、忌妒的叫声有着天壤之别。

我曾得知金翅雀连续三个暴雨天气举办这种音乐求偶节。鸟儿们全身湿透了，但仍然充满激情，十分快乐，没有被狂风或恶劣天气驱散。

Chapter 23
鸡鹰

赤肩鵟
red-shouldered hawk

八月是属于鹰高空翱翔的季节，此时的鸡鹰最引人注意。鸡鹰喜爱这种白昼漫长、气候温暖的日子里的雾霭和平静。这种鸟儿偏好闲适的生活，看上去总是悠闲自得。它的动作是多么优美、多么威严呀！它如此镇定自若、泰然自处，毫不匆忙。它画出巨大的圈，或是螺旋地飞翔上升，此间一概有着高傲、尊贵的姿态，而且时不时地，极其勇敢地在空中穿行。

　　它悠闲地、缓慢地前行，几乎不怎么振动翅膀，就能够不断螺旋地上升、上升，直到它成为蓝天中的一个小黑点儿。要是刚好情绪上来，它会半收起翅膀，就像一支拉满的弓，几乎直直地劈开空气，仿佛要冲向地面，让自己摔成一堆碎片。不过，在靠近地面时他会突然掉头往上，张开双翼，似乎反弹了一回，悠悠地飞远了。这是这个季节最精彩的表演了。看到鸟儿又重新飞起，才会让人不再屏住呼吸，松一口气。

　　如果它想慢一点，不那么直直地坠下去，它会聚焦于遥远的地面上的某一处，然后向那个地点奔赴而去。它仍然速度极快、魄力十足。你可以看着它从空中如同一根线一样直下。假如靠得足够近，你甚至还能听到它翅膀冲刺的声音。它的影子闪过田间，须臾间你就会看到它静静地落在一棵矮矮的树上或是沼泽、草地上的一个树桩上，似乎还在回味着不久前下肚的青蛙和老鼠。

红尾鵟
red-tailed hawk

当南风刮起来的时候,看到三四只这种"空中霸王"从远处的山谷飞向山巅,或是在激烈的水流上方保持平衡,不断振动翅膀,还是挺值得玩味的。此时它们几乎静止了,除了偶尔很微弱的战栗,仿佛走钢索的艺人。随后,它们突然升腾、降落,拉出长长的距离,把身体交由风去掌控。不久,鸟儿再一次飞得很高,保持水平飞行,不疾不徐地越过山巅,只是偶尔加速。当它飞过头顶、冲向某个目标时,除非它受了很重的伤,不然它绝不会改变自己的路线和速度。

即便是遇到短嘴鸦和王霸鹟的袭击,鸡鹰也很好地保持了冷静和自己的尊严。它几乎不会屈身去搭理那聒噪、愤怒的敌人,而是故意在空中螺旋地画圈,飞到更高、更高的地方,直到追击者头昏脑涨,不得不退回地面。这样摆脱不值当的对手——先飞到足够高的地方,让不自量力的对手感到眩晕、惶惑,失去思考的力气——还是很有新意的。不过我不确定这是否值得模仿。

Chapter 23 鸡鹰

棕腹长尾霸鹟
Say's phoebe

西王霸鹟
western kingbird

剪尾王霸鹟
scissor-tailed flycatcher

Chapter 24
披肩榛鸡

柳叶栎
willow oak

呼啦！呼啦！呼啦！在离我几步远的地方，一窝半大的披肩榛鸡仿佛炸开一样，四处逃散，消失在灌木丛里。我坐在蕨类植物和荆棘丛织成的屏障后面，听鸟妈妈在林中召唤它的孩子们。披肩榛鸡小小年纪，竟然已经可以飞翔了！大自然似乎格外看重鸟儿的翅膀，在空中的安全永远是第一位的。在鸟儿全身长满了一层细绒毛，但还没有任何羽毛长出的迹象的时候，它翅膀上的翎毛却迅速地生长、展开；只消经过短短的一段时间，幼鸟已经可以很自如地飞行了。

听！灌丛中传出"咕咕"的叫声，轻柔而有力，狂乱却不突兀，以至于不保持最大的警觉就很容易错失它。这声音很温柔，满是关切和爱的焦灼。那是雌鸟的声音。很快，从四面八方传来轻微的、羞怯的应答，仿佛在说"在这儿！"这声音耳朵很难捕捉到。感觉周围似乎没有危险，雌鸟不再"咕咕"叫了。此时她的声音变得清晰可闻，幼鸟们仍从各个方向小心地回应。我以从未有过的谨慎从藏身之处迈出步子，然而所有声音立即消失了。无论是雌鸟还是幼鸟，我都找不见了。

披肩榛鸡是本地最具特色的鸟类之一。发现披肩榛鸡的那片林子看上去位置极佳，鸟儿使它具有了一种适宜居住的氛围，让人极易产生一种错觉，以为鸟儿真的在家呢。没有披肩榛鸡的林子看上去总像缺了点儿什么，仿佛被大自

黑足鼬
black-footed ferret

然忽略了一样。如果要这么说,那么披肩榛鸡便是大自然杰出的作品,它相当耐寒,而又充满活力。我觉得它很享受寒冷和冬雪,在仲冬时节,它能靠翅膀摩擦产生热量。要是雪下得急,甚至有暴雪的态势,披肩榛鸡会自得地坐在雪地里,任凭雪花将它埋起来。如果你此时接近它,它会突然从你脚下的雪地里跳出来,抖落身上的积雪,"哼哼"叫着,像枚炮弹似的冲进林子里。这幅景象正是本地精神和荣耀的体现。

披肩榛鸡的鼓翅声是春天最令人愉悦、最美妙的声音之一。在四月的早晨或临近傍晚时,树木往往还没有发芽,这时你会听见披肩榛鸡用翅膀用力扑打的声音。它并不像人想的那样选择干枯、树脂浓郁的圆木,而是挑腐朽甚至破碎的那一种,似乎它更喜欢已经和泥土混为一体的老朽栎木。假如找不到喜欢的木材,它会换选石头。在它热情的敲击之下,石头也是发出嘹亮的声音。有谁见过披肩榛鸡鼓翅呢?这种景象的稀有程度仅次于瞧见鼬鼠睡觉。不过要是足够小心、足够机智,也不是完全不可能的。披肩榛鸡不会抱着木头,而是笔直地站在上面,展开翎颔,先试探地敲一两下,停上半秒钟,然后重复动作,敲得越来越快,直到敲击声变得连绵不断。这整个过程不会超过半分钟。在这期间，它的翅尖几乎不会刷到木头。因此那响声似乎更多的是由于空气的激荡，或是它飞行时打到自己身上发出的。一根木头可以用很多年，尽管鼓手可能不止一位。这就像是一座神殿，是怀着满满的敬意搭建起来的。鸟儿无论来去，都是踱着步子的，除非它的表演被谁粗暴地打断。披肩榛鸡很聪明，尽管可能没有多少智慧。偷偷靠近它并不容易办到，得试上许多次。即便成功，也只是匆匆经过，会发出巨大的响动，引得它卷起羽毛，像个拴紧的绳结一样一动不动，让你瞧个尽兴。

披肩榛鸡那鲜明的轨迹给冬雪增添了另一种风情。雌鸟路过的痕迹清晰有力，有时有些恣意妄为，但大多数时候是直线条的。这种轨迹从茂盛、密不透风的地方延伸而来，引你警惕而充满期待地越过圆木和灌丛，直到它突然间飞到离你几码远的地方，在树丛间哼唱不停——炫耀它因坚持和活力而取得的全方面胜利。耐寒的本土小鸟，希望你们留下的轨迹永不减少，或者常能在桦树上见到你们！

披肩榛鸡颂

听，远处传来巨响，
像漫游的蜜蜂嗡嗡，声音轻柔，
像在遥远的地方，声音模糊，
像海水形成瀑布落下。

然而，声音突然变化，
莫非是磨坊的轰鸣？
莫非是火炮齐发？
还是炸药在山上引爆？
那是灵魂被点亮的榛鸡，

披肩榛鸡
ruffed grouse

在感伤它的配偶和鸟巢,
从它那爱意充盈的胸口,
唱出春天的歌声。

听,它那激昂的晨鼓,
听,它那温柔而深沉的召唤,
在召唤山胡椒,直到它来临,
将血根草从梦中惊醒。

啊!鼓手羽衣震颤,就让你的翅膀
奏出一首惹人注意的进行曲,
惊醒、鞭策那迟到的春季,
等到游吟诗人高兴地啼啭,
春天便真的到来了。

血根草
bloodroot

Chapter 25
短嘴鸦

草原狐
swift fox

短嘴鸦固然没有狐狸奉承的那种甜美的嗓音，但它的声音至少不难听，而是响亮的，具有本土气息。他这小身板，多有个性啊！它多么节俭、多么独立啊！当然，它还有一副坚实的羽衣，颜色鲜明，它的脑子转得可快了。它能立刻明白你的意思，而且告诉你这一事实。这就同鹰一样，只不过鹰是用他那轻蔑的、挑衅的号叫声做到这一点的。而短嘴鸦，这耐寒、快乐的亡命之徒，我是多么喜欢它们呀！这种鸟儿警惕性强、善于社交，就像共和党人。它们极其善于保护自己，不惧寒冷和冬雪。当肉食稀少的时候，它甚至会去钓鱼；其他资源都难以获取时，它甚至还会去偷窃。在所有的风景中，短嘴鸦是我绝不愿错过的角色。我喜欢看它在雪地或泥地上划过的痕迹，还有它在褐色的田野中步行的优雅姿态。

短嘴鸦绝不会不请自来，不过它一旦到来，其举手投足之间就会表现得毫不拘礼，仿佛它才是这个地盘的主人。它不像某些经常抱怨、快快不乐的鸟儿，总是多愁善感。相反，它始终保持着显而易见的健康体魄和昂扬的精神。无论谁生病、情绪低落抑或心有不满，无论天气怎样、谷价几何，短嘴鸦总是一样感觉良好，认为生活十分美好。它是这世上一切智慧与审慎的一具黑色化身。它还是大自然为其任命的警官之一，而且很好地履行了职责。它很乐意去逮捕每一只胆敢外出的老鹰、猫头鹰或者老母猫。我就曾见到一群短嘴鸦威胁一只狐狸，冲它大叫"你这个盗贼！"直到狐狸羞愧地躲起来。我刚刚说了狐狸奉承短嘴鸦优美的嗓音吗？事实上，大自然中最具音乐感的歌声之一便是出自短嘴鸦。从松鸦起，直至所有的短嘴鸦部族，都会使用某种低沉的腹语，这种声音有着独特的节奏和韵味。在冬天，我常听见短嘴鸦沉迷此道，这让我想起了杜西莫琴发出的声音。短嘴鸦伸展身子，像公鸡打鸣一般用力，发出一种特别清楚以至于透明的声音，这种声音无疑会引起你的注意，而且让你觉得这份注意是值得的。很显然，这就是狐狸恳求短嘴鸦唱的歌，只要短嘴鸦开口唱，嘴里的肉必然会掉落。

短嘴鸦的举止仪态都相当高雅。它总以主人的姿态走过一片土地。一天早上，我在书房窗外的雪地上放了一些鲜肉。不久，一只短嘴鸦过来了，把肉带到葡萄园里的地上。在它吃肉的时候，另一只短嘴鸦也来了，落在几码远的地方，它慢慢地走到距这只短嘴鸦几英尺的范围以内，然后停下来。我以为会有一场食物大战，就像家禽或其他动物通常会做的那样。然而，什么也没有发生。正在吃肉的那只短嘴鸦停了下来，打量了一番来者，打出几个手势，然后飞走了。另一只短嘴鸦便走向食物，并开始享用。一会儿后，先前那只短嘴鸦又飞回来了，它们抓起一部分肉，然后带着食物飞走了。它们对彼此的尊重和善意看上去很美好。我不知道这是不是人类所理解的那样，也不知道这是否仅仅是鸟儿相互扶持的本能的体现。这种现象在群居的鸟类中很常见。独居的鸟儿，比如鹰或啄木鸟，在面对食物时的表现可大不一样。

短嘴鸦能很快地发现任何像是陷阱的东西，可是要弄清楚最简单的那种人工装置，它也要花费很长时间。就像我在前面提到的，有时我会在书房窗外的雪地上放点肉来引诱他。有一次，有好几只短嘴鸦过来，期待着我每天会提供给它们的食物。见它们到了，我用一根绳子吊着一块肉挂到树枝上，就在我平时放食物的地点上方。有一只短嘴鸦很快发现了肉，然后走近那棵树，想弄明白这是什么意思。它的疑心被激发了。很显然，那块吊着的肉确实带有一些装置。这是个捉它的陷阱。它考察了周围的每一根树枝,偷偷地看了一次又一次,专心致志地要解开这个谜题。它飞回地面,四处走动观察。随后,它在葡萄园里走了很长一段路,仿佛想找出一点线索。之后,它再次飞到树上,先用一只眼睛瞧了瞧,又换另一只,然后再回到地面,离开,又飞回来。它的同伴也来了,它们都眯着眼察看,最后一齐消失了。黑顶山雀和啄木鸟会落在肉片上,在风中一边摇晃着,一边啄着肉片,但短嘴鸦却总是很胆怯。这是否表明短嘴鸦具有审慎思考的能力?也许吧,但我觉得这更像短嘴鸦胆小的本性和机智的性格的体现。两天过去了,每天早上短嘴鸦们都会过来,在树上从每个方向观察那块挂着的肉,但最后都离开了。第三天,我在那块肉下方的雪地上放了一块很大的骨头。不久,有一只短嘴鸦出现在树上,盯着那块诱人的骨头。"越来越奇怪了。"它似乎在自言自语。但是,察看了半小时,又好几次走到那块骨头几英尺的距离内之后,它似乎得出了结论,那就是这块骨头和那块肉没有

黑胡桃
eastern black walnut

短嘴鸦
American crow

任何关联。因此，它最后走向骨头，去啄它，翅膀不断震颤着，它似乎仍然十分警惕。同时，它还不忘短暂地抬眼看头顶的肉，仿佛那是某种伪装了的达摩克利斯之剑，终会掉落在它身上。不一会儿，它的同伴来了，落在一根稍低的树枝上。正在啄骨头的那只短嘴鸦看了它一会儿，随即飞到它旁边，似乎是要换他的同伴去吃肉。可是这位同伴不愿意冒这个险。毫无疑问，它认为这整个装置就是一个陷阱，于是它很快就飞走了，这只短嘴鸦也跟上了它。在那之后，我又把骨头放到了树干之间，但是短嘴鸦们始终和它保持着距离。我只好把它再放回地面，可它们的疑心愈发重了，它们认为这一定蕴含着某种阴谋。最后，一只狗叼走了骨头，于是短嘴鸦们也不再来了。

  在我的少年时期，每年九月或十月都会见到短嘴鸦在高高的、长满青草的山坡，或者布满森林的山脊上集会。显然，一到那时，一大片地区的短嘴鸦都会集中到一起。你会见到它们飞来，形单影只地，或者松散地结着伴儿地，从四面八方来到集会地点。最终那里会聚集好几百只短嘴鸦。它们会在地面上投下一两公顷的黑色阴影。间歇时，它们都直冲向空中，转着圈，一齐哇哇地叫。然后再回到地面，或者落到树梢上，随后再次升到空中，整个群体一起发出声音。这叫声意味着什么呢？我注意到，这群鸟儿一直在做着准备，打算跨入冬季。要是能弄清楚鸟儿之间是如何进行沟通的，想必十分有趣。

短嘴鸦颂

一

你是我这一年的朋友和邻居，
是自我任命的督察员
督察我种的水果和谷物，
还有我的林子和犁过的平原，
还向我的庄稼证税，

我却不该叫你盗贼。
大自然明智地定下法律，
让我找不出一丝破绽
无论是你对这片土地的所有权，
还是它产出的所有价值。
我爱你自命不凡的气度，
也爱你无忧无虑的生活方式，
你这个地主走过我的田地，
还迅速计算每块地的产出；
你有礼貌的风采、勇敢的姿态，
仿佛你带着黄金来宣示你的主权；
当天气清冽，云层高淡，
天空中漂浮着你的轮廓；
天亮之前，你很少飞动，
天色渐暗，才看到你和家人归巢。
你的羽衣不具有保护性的色彩，
它油光可鉴，每根翎毛都闪耀。
从全身一直黑到脚趾尖，
你的反面是晶莹剔透的白雪。

二

从不哀伤，也不乞求，
常在巢里，练习着偷窃，
总在梳理羽毛，不放过一个角落，
无论什么天气，都沉静而整洁。
从早到晚，在林子里巡视，
每个声响，你都要仔细查看。

老鹰和猫头鹰躲在树梢
因为你的嘲讽而感到羞愧。
没有什么能逃过你的眼睛,
没有人不害怕你的指责。

三

猎人、盗贼、森林爱好者
在茂密的树叶间一无所获。
喧闹、狡猾而凶狠,
却一派道貌岸然。
有充足的闲暇,不必着急,
不必忙乱,也不必担忧,
友善的绿林好汉,罗宾汉,
森林里的法官和裁判。
或是基德船长
把宝藏埋在山里,
大自然让你四时常在,
有无数理由给你智慧,
聪明才智常常闪着光芒
就像她喜欢的那身羽衣一样。
希望你的种群永不减少!
我会和你做朋友,一直到老。
希望我每天都能见到你!
希望我永远不必吃掉你!
还希望你永不收费
即便你扮演着稻草人的角色!

Chapter 26
灰伯劳

灰伯劳
great grey shrike

通常情况下，猛禽的特征是比较显著的，不会出现判断失误的情况。猛禽的爪子、鸟喙、头部、翅膀，事实上它的整个身体，都指向同一个事实，那就是它以其他活物为生，它的一切生理特征帮助它捕获猎物、杀死猎物。每种鸟儿都知道鹰这种鸟，从它们出生便了解鹰，而且时时刻刻提防着这种鸟。鹰会猎杀动物，但它这样做是为了让自己生存下去，这一点所有人都明白。大自然令它具备这样的特质，同时也让其他生物了解这个事实。但灰伯劳这种鸟是个例外。它将自己作为谋杀者的特点隐藏于旅鸫那种无辜的外表之下。灰伯劳的脚、翅膀、尾巴、颜色、头部和整个形体及尺寸都与一般鸣禽别无二致，和嘲鸫这种鸣禽的特征非常相近，然而，这种鸟却是它的种群中最常见的一种，是所谓的"蓝胡子"（bluebeard）[1]。它最突出的特征便是鸟喙，也即上颌，含有两个尖锐的角质鞘和一个锋利的、钩状的尖端。它通常用尖刺或爪尖刺穿猎物。然而大多数情况下，昆虫也是它的食物，比如蜘蛛、蚱蜢、甲虫等。它是小型鸟类的天敌，它常常随意地杀死这些小鸟，有时只是吸干它们的脑髓，就像南美牛仔残杀野牛或水牛，却只是

[1] 法国民间故事中连杀六妻的恶人。

为了取牛舌一样。显然,它的猎物并不熟悉它的真面目,因而任凭它接近自己,最后因此丧命。有一天,我便目睹了这样一个景象。一大群已经完全换羽的金翅雀和暗眼灯草鹀、其他常见鹀科鸟,在谷仓后的一处灌木丛里喊喊喳喳地吃食。我在篱笆边停下来,从外边偷偷观察他们,期待能看一眼那种不常见的鹀科鸟,也就是白冠带鹀。然而不一会儿,我听见枯叶堆里传来窸窣声,好像某种大型鸟类也在其中。随后我便听见了一只金翅雀悲伤的哭叫声,这群鸟立即警觉地四散飞起,在空中画着圈,最后落在几棵大树的树梢上。我继续观察,看到一只大鸟嘴里叼着什么,正在一株低矮的树枝上跳跃。有一瞬间,它从我的视线中消失了,但随后又从一处灌丛中现身,飞到一棵小槭树的树梢上,落在几只金翅雀之间。我认出来那是灰伯劳。小鸟们尽力躲避着它,绕着树飞行,灰伯劳则紧随它们,脑袋和身子还活动着,仿佛它用那凶残的凝视便能逮住猎物。小鸟们不再发出它们平时见到鹰的警告声,只是唧唧叫着,四处飞着,流露出半是困惑半是不知所措的神情。它们飞到树林更远处,灰伯劳也随之飞去,好像下决心要继续捕捉。我跟着往前走,想去看看那只灰伯劳抓住了什么,把猎物怎么样了。当我走近灌丛时,看到他正在急速向后退。我立即明白了它的意图。看到我走过来,它本想继续它的捕猎游戏,但我的动作太快了,因此它

灰伯劳
great grey shrike

Chapter 26 灰伯劳

暗眼灯草鹀
dark-eyed junco

　　从灌丛里出来，离开了这个地方。在这丛灌木最茂密的地方的几根树枝上，我发现了受害者，一只金翅雀。它倒没被尖刺刺穿，但是被丢弃在一堆树枝上，可以说是躺在一块木板上。它还有生命的体温，羽毛也不曾弄乱。我仔细查看，发现鸟儿的背部和头骨下方的脖子处都有瘀伤或撕裂。毫无疑问，那个土匪用它那尖利的喙固定住了这只小鸟。灰伯劳的残忍体现在它不会很快收手，而是贪得无厌，仿佛要占领整个金翅雀市场。灌木丛就是它的屠宰场，要是没有人阻止，它可能在短时间内早已进行了好几场屠杀游戏。

　　由于灰伯劳喜欢把肉穿在尖钩上，它获得了"屠夫"的称号。不仅如此，它获得这一恶名还因为——它杀死千千万万，却只取一点作为自己的食物。

Chapter 27
鸣角鸮

东美角鸮
eastern screech owl

在森林里最阴暗、最破败的地方,我偶然间发现了一窝鸣角鸮①。它们已经发育完全,正坐在一根干枯的、覆满苔藓的树枝上,离地面不过几英尺。在距离它们四五码远的时候,我停下来,视线落在这些静止不动的灰色生物上。它们也打量着我。它们坐得笔直,其中有一些背对着我,另一些则面对着我,但是每只脑袋都望向我的方向。它们的眼睛眯成一条直线,透过这条细缝观察我。显然,它们还以为自己没被注意到呢。这场面异常诡异,暗示着某种离奇的阴谋诡计。这是一种全新的体验,是日光笼罩下的森林的黑暗面。我观察了一会儿,然后向前跨出一步。电光火石之间,它们的眼睛突然睁开,鸟儿们完全变换了一种态度。它们绷紧身子,呈现出各种姿态。出于一种求生的直觉,它们睁大眼睛环顾着四周。我又向前走了一步,于是鸟儿们都飞起来了。只有一只停在一株低矮的枝条上,盯了我好几秒,神情像一只受惊的猫。鸣角鸮们飞行起来迅速而轻柔,消失于树林中。

① 即东美角鸮

小红色猫头鹰(red owl)②是我的一位冬日邻居。我对它非常感兴趣,它也许还曾为我观察这一物种提供了支持。这只红鸮的

② 即处于红色阶段的东美角鸮。

隐居之处是篱笆那边一棵苹果树的树心。我不知道它是不是在那里度过春季和夏季，但到了秋天稍晚些的时候，以及冬天每隔一段时间，它的藏身之处就会被冠蓝鸦和五子雀发现。入侵者会以它们所能发出的最大声音在树梢上为他们夺得的新地盘呼告，这种叫声能足足持续半小时之久。有一年冬天，鸟儿们的叫声发生了四次，吸引我出门去看。我看见那只凶狠的鸟儿正躲在窝里假寐，有时是在苹果树上，有时则是在别的树上。无论何时听到鸟儿们的叫声，我都能猜到，我的邻居肯定又遭到欺负了。别的鸟儿会轮流过来瞧瞧它，对它发出警告。其他松鸦听到尖叫声也会立马赶过来，它们表露出一种急不可耐的兴奋，虎视眈眈地瞧一眼红鸮，随后也加入了呼叫的行列。等我赶到那里，它们匆匆看上最后一眼，然后一边专注地注意我的动作一边撤退。过一会儿，我的视力逐渐适应了树洞的微弱光线之后，我通常还能辨认出在洞底假装睡觉的红鸮。我说它是假寐，因为它的确如此。我有一次用斧子砸这树洞的时候，第一次发现了这个事实。随着我的动作产生的巨响和掉落的木屑都没能弄醒它。我伸进一根棍子，把它戳翻，让它一边的翅膀张开着，但它仍然不动弹。它只是躺在木屑上，仿佛已经变成了木屑的一部分。的确，要想把它和木屑区分开来还真需要好眼力。然而，还没等我拖着它的翅膀准备相当粗鲁地拽它出来时，它就放弃了假睡或装死的策略。然后，它像一个被识破的小偷，迅速转变成另一副样子。它眼睛大睁，爪子抓着我的手指，耳朵耷拉着，每一个动作都像在说："放开我，不然后果自负！"发现威胁根本没有奏效之后，它又玩起了装死的把戏。我盖上从书房带来的木盒子，把它关了一个星期。无论什么时候看它，无论夜晚还是白天，它都像是在沉睡。然而只要我把活蹦乱跳的老鼠放进去，就能立刻让它醒过来。盒子里会突然传来一阵摩擦声、微弱的吱吱声，然后一切归于沉寂。一周之后，我把它放到充足的阳光下，它毫不费力就找到了回家的路。

在冬天的傍晚时分，我常听到这种鸟轻柔的叫声，"咘尔—尔—尔！"银铃一般，非常悦耳。在宁静的冬季，这声音遮遮掩掩，带着一股森林的味道，

Chapter 27　鸣角鸮

东美角鸮
eastern screech owl

褐头䴓
brown-headed nuthatch

和鹰那粗糙的叫喊有着天壤之别。红鸮无论怎么鸣叫，它的声音都非常柔和。它的翅膀无声地扇动着，羽衣边缘缀满一圈绒毛。

比起红鸮，我每天花在另一位猫头鹰邻居身上的时间更多。这位邻居住在更远的地方。每天晚上去邮局的路上，我都会经过它的"城堡"。如果是在冬天，又足够晚的话，就能看到它站在门口，用它那细长的眸子监视着路人和周围的环境。我连续观察过它四个冬天。天色渐暗时，它就会从苹果树的树洞里出来，这甚至比月亮从山头升起来还早。它坐在洞口，将灰色的树皮和干枯的木头作为背景，它的羽毛那极具掩护性的颜色使它得以隐身，不知道它在那儿的人绝对发现不了它。或许我是唯一一个发现它秘密的人。不过，要不是我有一次偶然见到它从洞口出来，偷袭一只在旁边的树上刺杀鼩鼱的灰伯劳——而我又恰巧在监视那只灰伯劳，我可能也不会发现它。猫头鹰的翅膀平展、无声，令它能够迅疾地飞行，这一点首先吸引住了我。直到它几乎落到树枝上，灰伯劳才发现它。于是灰伯劳丢下了它的猎物，冲回厚厚的灌丛里，一边还发出嘹亮的、刺耳的尖叫，仿佛在说"走开！走开！走开！"猫头鹰落下来。我走过去时，它可能正在思索着灰伯劳刺穿的猎物。一看到我，它立马后退，径直飞回那根腐木上，落在它的洞门前。我走过去，它看上去并没有变得有多小，不像那种由于距离太远而缩小的事物。它收起翅膀，一边盯着我，一边慢慢地溜回洞里，直到消失在我的视线里。那只伯劳还在树枝上擦嘴，望了我一眼，又看了看那只丢掉的老鼠，然后飞走了。

几天之后的一个夜晚，我再次经过那里，看见那只鸮依然坐在洞口，在等待天色变暗。路人丝毫没有影响到它。但当我停下来看它时，它发现自己暴露了，于是像上一次那样躲回洞里。从那以后，我每次经过都会四处找它。有天晚上，很多人从那边走过，但它毫不在意，那些行人也不在乎它。我也走过去，停下来和它打招呼，它这才睁大眼睛，似乎认出了我，于是以一种诡异的姿势迅速消失在洞背后。不管它在洞口监视，还是不在那儿，都需要绝佳的眼力辨认出那个地点，事实上那个空荡荡的树洞和它的模样差不了几分。只要仔细研究这只鸟儿的行为，就会发现这实在是一种绝妙的策略。猫头鹰笔直地站在那里，展示出一身浅灰杂色毛发，它的眼睛闭着，只留下一条小隙，耳朵上的羽毛也耷拉下来，鸟喙埋在羽毛中，这副样子表示它在默默地、静静地等待、观察。要是有老鼠胆敢在傍晚穿过大路，或是掠过雪地上没有掩护的领域，猫头鹰就会俯冲下去。我觉得它能将我同其他路人区分开来，至少如果我停在它面前，它发现我在注视它时，就会回到洞里。它逃跑的姿势就像我刚刚说的，让人忍俊不禁。

Chapter 28

黑顶山雀

黑顶山雀
black-capped chickadee

我们的身边总不会缺了黑顶山雀。它们就像树木与植物界的常青树，冬天不会对它们的活动构成任何威胁。这类鸟儿可能属于森林鸟系，但在树丛和果园里也能见到它们的身影。它们到我的木屋附近安家，是想寻求更好的庇护，还是说它们只是偶然发现了一个适合它们居住的树洞？在树上或地面筑巢的鸟儿往往并不挑剔，随处可栖，但黑顶山雀却一定要寄居在洞穴里，而且一定要是较小的树洞。啄木鸟在发现合适的树干或树枝之后，就会自己制造一个树洞；黑顶山雀则不然，它那娇小的尖喙很少做这样的工作。它总愿意找一个现成的树洞，只需要它将其变得光滑或者更深即可。我的木屋附近的这对鸟儿便是如此。它们的巢穴洞口开在一棵小檫树的树干上，离地面大约四英尺。一天又一天，它们轮流扩建自己的洞穴，在树心轻轻地啄几下，然后带着木屑从洞口出来。每过一小会儿，它们就换班。一个工作，另一个就出去找食。无论是它们的羽毛，还是它们的工作分配，都严格地执行着性别平等的原则。鸟类似乎都遵守这一教条，甚至一些其他物种也是这样。在育雏的准备阶段，时时能听见鸟儿的叫声，能看到它们的身影。然而一旦产下鸟蛋，情况就大不一样了。它们突然变得十分羞怯、安静。要不是有鸟蛋在，可能会让人以为它们已经离开这个地方了。现在到了必须好好地保守这个宝贵的秘密的时候了。而孵化期开始之后，只有

黑顶山雀
black-capped chickadee

非常仔细地观察那里才有可能发现鸟儿，因为它们喂食和换班的动作太快了。

一天，一群瓦萨学院（美国纽约州著名的文理学院，当时为女校）的女孩们来看我，于是我领她们到这棵小檫树旁观察黑顶山雀窝。那只坐着孵蛋的黑顶山雀把幼鸟们头挨着头排列，它不住地上下晃动着羽毛和冠部，然后出现在洞口上方。女孩们中，有一双窥探的眼睛正好奇地向下偷望雌鸟。我看到雌鸟已经做好准备，打算耍个花招把女孩们吓走。果不其然，我听见洞底传来一阵轻微的骚乱，使得那个偷看的女孩迅速把头收回来，同时尖叫："天哪！它啄了我！"每到这种时刻，黑顶山雀就会使出一种诡计：它先是大力地吸一口气，使身体显著地膨胀起来；随后，发出一种急速的、爆炸式的声音，就像喷气式飞机在喷发蒸汽。然后，它不情不愿地闭上眼睛，把头缩回去。令女孩儿们觉得好笑的是，她们竟然让鸟儿这样表演了两三次。这种骗术失去了应有的效果，鸟儿没能坚持多久，反倒让那些讥笑的面孔盯着看了个够。

更使我感兴趣的是在自己家里观察一窝黑顶山雀幼鸟，看它们如何试探着开始第一次飞行。每隔两三天，幼鸟们的头就会出现在鸟窝洞口（它们的窝实际上是梨树上的一个树洞）。很显然，它们喜欢外面世界的大好景致。一天下午太阳落山之前，它们当中的一只出来了。它的第一次尝试只让它飞出几码远，到了一棵刺槐那儿，栖息在一根靠里的枝条上。喊喊喳喳叫了一阵之后，它开始整理自己的羽毛，为夜晚的到来作准备。在天黑之前，我一直在观察它。它对于自己孤身一人在树上没有显现出一丝胆怯，反而把头埋进翅膀里，等着夜晚降临，那样子仿佛它对这套程序驾轻就熟了。几个小时之后下了一场大雨，但到了早上它还待在那儿，看上去精神很不错。

另一只黑顶山雀早上出洞时，我刚好从那儿路过。它跳到一根树枝上，抖动着羽毛，一边还大声叫着。一会儿后，它好像突然冒出了什么想法，于是完全改换了一种态度。它绷直身体，似乎一种兴奋感突然贯穿了它的全身。我明白它为什么会这样，一定是有个声音在它耳边说过："飞吧！"于是它叫着弹到空中，一路飞到附近的一棵铁杉树上。在当天以及第二天，其他黑顶山雀也采用同样的方式，最后全都出洞飞走了。

白檫木
sassafras

Chapter 29
绒啄木鸟

红头啄木鸟
red-headed woodpecker

绒啄木鸟
downy woodpecker

绒啄木鸟似乎认为，在所有鸟儿之中，它最有资格享受我的热情款待。的确，它是冬季的所有鸟类中我最喜爱的邻居。它的巢穴在苹果树上一处腐坏的树干里，这是它在几年前的秋天挖出来的，离我的房子就几步远。我之所以认定是"他"，是因为它头顶那一簇红毛很明显地昭示了它的性别。似乎并非所有的鸟类学家都知道我们的绒啄木鸟，或者毋宁说所有冬天出没的鸟类，都是在树洞里面越冬的；但是到了春天，树洞就会被抛弃，鸟儿们可能又去找新的地方筑巢了。

我刚刚提到的那只啄木鸟，四五年前的一个秋天，在我的苹果树上钻出它的第一个洞。它在那里一直待到来年春天，然后就抛弃了这个树洞。等到秋天，它在另一株树干上又挖出一个洞。这一次比上一次稍晚一些，在它挖了一半的时候，一只雌鸟占据了它以前的那个树洞。我很不想说，但是这一举动极大地激怒了它。只要那只可怜的鸟儿出现在它的视野里，它都会骚扰雌鸟。它会凶狠地朝雌鸟飞去，把它赶走。十一月一个寒冷的早晨，我正从树下经过，听见这个小工程师正在它的树洞施工，同时看见那只雌鸟正坐在另一个树洞的洞口，好像它马上会不得不出来。事实上雌鸟在颤抖，可能它既觉得害怕，又感到寒冷。我一眼就了解了当时的状况。雌鸟怕它出来会再次惹恼那只啄木鸟。但是还没等我用棍子敲击树干，它就出来了，看样子它想赶紧逃跑。然而，它还没跑出10英尺，那只雄鸟就紧追过来了。不一会儿，雄鸟就把雌鸟赶回苹果树上了，雌鸟在树枝间来回穿梭躲避。或许除非是在求偶期，否则雄鸟都不会对雌鸟多么友好。我经常见到啄木鸟的雄鸟从树上的一块骨头边将雌鸟驱逐开。如果雌鸟跳跃到另一边，还怯怯地想去啃骨头，那雄鸟一定会马上冲过去啄它。于是，它只好到雄鸟前方，等它先吃完。鸟类中的雌鸟享有的地位，就和那种野蛮部落里的女性一样：雌鸟得完成大部分枯燥的活计，还只能吃雄性享用后剩下的食物。

毫无疑问，我的鸟儿的的确确是个野蛮人，但我认为它倒是个不错的邻居。在寒冷或下着雨的冬夜，知道它正待在温暖舒适的洞里，会让人产生一种满足感。天气不好或者不适合出门的时候，它也待在洞里。要是我想知道它是否在家，只需要到苹果树那儿敲几下，只要它不是太懒或太冷漠，那么过一会儿之后，都会从那圆圆的洞口上方伸出头来，探询似的望着我。有时它可能晚一点，有时我猜它可能还有些愠怒，仿佛在说："能不能别老是打扰我！"在太阳下山之后，无论我怎么叫它，它也不会再探出头来了。但是当我走开，我能瞥见它在洞里，表情非常冷淡。它还喜欢赖床，尤其是在寒冷天气或是不合意的早晨，它的这种习性倒和家禽挺像的。有时早上九点左右，我才见它离开那棵树。可话说回来，它回家也相当早，天气不好的话它能四点进洞。它基本都一个人生活，这种生活方式我并不推崇，我还挺想知道它的伴侣在哪儿。

我在附近的果园还发现了其他几只绒啄木鸟，它们每只都有个类似的巢穴，也都过着同样的独居生活。有一只啄木鸟在枯树上挖了个洞，我的手很容易够到。这个洞同样也是九月份做好的。但它选的地方并不好，树枝的腐化程度太高，洞又挖得太大，因此一直打通到树皮，出现了一个多余的洞。于是，它换了个几英尺以外的地方继续，洞穴依然巨大、宽敞，但同样快要突破表皮了，堪堪只有一层树皮作为保护，树干也受到了重创。于是这一次它去到更远的地方，再次开始，然而刚钻出一两英寸，它似乎又改变主意了，停下了工作。

我想它应该是放弃了这棵树，这个决定非常明智。十一月一个寒冷的雨天，我再次经过那儿，向树洞里伸入两根手指，惊讶地发现里面有某种温暖柔软的东西。我把手退出来，一只鸟也跟着出来了，这简直让我太惊讶了。显然，它最后还是选择之前那个洞作为它的窝。它一定后悔做出这个选择，因为不久之后的一个暴雨之夜，树枝轰然倒地了——

> 树枝断裂，摇篮会掉落，
> 宝贝会掉下，还有摇篮，还有所有哟！①

① 出自一首英国摇篮曲。

对我来说，绒啄木鸟还有另一个惹人喜爱的特点，那就是在春天打鼓。啄木鸟不会唱歌，但却是音乐家，他们使干枯的树枝焕发新的生机。在三月和四月的早晨，果园或附近的森林里会传来敲击声。这声音十足地洪亮，难道你竟以为这仅仅只是鸟儿在翻找自己的早餐吗？那是绒啄木鸟，它不是想敲打出幼虫来吃，而是在敲击春天的节奏。而那棵枯树，在它的敲击之下似乎也涌出了一股热情。

几年前，在我家附近的那片林区边一棵半腐烂的苹果树上，有只绒啄木鸟（可能就是我现在那位冬日邻居）从三月伊始便开始啄木。在清晨寂静无声、气温也还适宜的时候，或者六点半之前，我还没起床的时候，就能听到它在窗外的敲击声。直到九十点钟，它都会一直保持精神高昂。这一方面它挺像披肩榛鸡，后者基本上也都在上午鼓翅②。绒啄木鸟的"鼓"是大约手腕粗细的一截干枯木桩，树心已经完全腐烂以至于消解，但外表皮尚还坚挺，能产生响亮的声音。每次打鼓，鸟儿会在某一个地方保持同样的姿势达一小时之久。打鼓期间，它还会精心修饰自己的羽毛，关注有无雌鸟回应，或者有无对手啄击挑战它。它啄击时头部晃动得真厉害呀！但我们

② 见"披肩榛鸡"一章。

还是能明显看出它的尖嘴啄击树桩表面。需要切换"乐调"时——这种切换还挺频繁的，它会挪动一两英寸，这时音调便变高了，声音更尖锐了。见我爬上树去看它的"鼓"，它显得很受影响。事实上我并不知道它就在附近，它似乎是在不远的一棵树上瞧见我的，然后急忙过来，停在旁边的树枝上，竖起羽毛，尖声叫起来。这已经是足够明显的警告信息了，表明它认为我在入侵他的领地，玷污他的圣殿，它完完全全被惹怒了。几个星期之后，终于来了一只雌鸟，它的确"鸣鼓召来"了一位伴侣，它那紧锣密鼓的、不断重复的宣传最终奏效了。即便如此，它仍然没有停下，仍同以前一样热情地敲鼓。如果啄击能赢得一位美人，那么一直敲下去，美人应该就不会再离开了，而且会因此被逗乐吧。毕竟，求爱的努力不应该一结婚就停下呀。如果说此前绒啄木鸟便沉醉于音乐，此时的它便更是如此了。而且，如今需要音乐慰藉的，可还有一窝雏鸟以及他的女伴呢。一段时间之后，又来了一只雌鸟，这两位女性之间得有一场硬仗了。我没见着两只鸟互相啄击的情形，但连续好几天，我都看见一只雌鸟追着另一只，不给对方一点喘息时间。显然，雌鸟想把另一只赶出这片区域。因此，它时不时地也会啄击，似乎在向它的伴侣传达胜利的消息。

　　就像我描述的这只啄木鸟一样，所有的绒啄木鸟都不会有自己专用的枯树桩，不会一直就在那一个木桩上啄击。森林中到处都有合适的树桩可以用，绒啄木鸟在觅食期间，会在这儿敲敲，那儿打打。但我确信，每只绒啄木鸟都有自己最喜欢的地点，早上它就只在一个自己最喜欢的木桩上啄击，这一点也和披肩榛鸡一模一样。在槭林制糖的工人们可能会注意到，在它所在的营地，同一种树上的啄击声具有极大的规律性。在我家附近，有只绒啄木鸟连续两个季节都选择了电线杆，通过啄击电线和玻璃绝缘体发出声音。另一只则选择了葡萄架尽头的一块薄木板，每个寂静的清晨，啄击声能传得很远很远。

　　我每天观察这些啄木鸟，本来是想解决自己的一个迷惑，那就是啄木鸟在树干和树枝间跳来跳去，不用抓住任何东西，是怎么保持稳定，不会掉下来的呢？它们从枝干上下来，两只脚一起，可以后退着跳跃好些步子。如果树枝刚

冬青叶栎
bear oak

好长成一个它们必须倒立行走的角度,它们也不会掉下来,然后抓住下方的什么凭借物。它们就像被磁铁吸附在树上一样,它们的头部和尾巴都被吸引住了。在它们跳跃的时候,头部被吸引,尾巴则脱离出来。但至于这种磁力具体是如何实现的,我却毫无头绪。哲学家们至今也不知道一只后翻的猫儿是怎么跃入空中的,但猫儿就是能做到。同样的道理,啄木鸟可能从未放手,一直抓着树干,只不过我的肉眼看见的并非如此而已。

绒啄木鸟颂

绒啄木鸟来了,同我在一处住着,
它亲自教我,所谓隐士的传说。
它在栎树上挖出一间房,
就在我木屋的门前。
它的家在不见日光的森林,

它是自己房子的建筑师，
　在一根腐坏的木头里
　建出一个内嵌的穹顶。

　它用一副娇小的喙，
　深入挖掘，颇具形状；
无论经过山谷抑或山脊，
　甚至顾不得看一眼风光。

　它把木屑扔到地面，
　　不在乎谁会看见。
　听！它的利刃沉闷作响，
　　一下下啄在树上。

洞门周围，如同罗盘刻度的，
　是笔直顺滑的墙壁；
　树皮上的这一个黑洞，
　便指引你去到它的殿堂。
绒啄木鸟过着隐居的生活，
　直到整个冬天终结；
　它总算从麻烦中脱身，
　日子可谓无忧无虑。

　走过冰冻的森林，
　摇落身上的积雪；
　它的一声一响，
　在树林中回荡。

Chapter 29 绒啄木鸟

当暴风雪开始肆虐,
不分白天和黑夜,
我知道我的小邻居,
睡过了整个冬季。

绒啄木鸟的在树林里购物,
得来鸟蛋、蚂蚁和幼虫;
肥美的小食,像芝士一样遍地都是,
藏在这个树桩、那个树洞里。

嗒嗒嗒,它的啄木声响起,
割开了它的猎物;
每只昆虫都知道,
什么时候会轮到自己。

我总去敲它们的门,
却从没人欢迎我;
它们所有人投票选出
我这个它们怕见到的人。

为什么绒啄木鸟总孤身一人
使在它温暖舒适的洞里?
它发现骨头的旁边
就是最可口的肉了吗?

当春天来临,
鸟儿渴望另一种生活;

它打算在枯树上击鼓,

来求得一位伴侣。

它啄击引来一个伴儿,

在四月的清晨里,

直到它终于认它作亲爱的,

结束了它孤苦伶仃的日子。

我不得不承认,

它逃避了一切家庭责任;

因为季节的压力,

深陷在自己的麻烦里。

我们是邻居,

拥护共同的纲领;

在这个美妙的地方,

唯一的法则,就是爱与和平。